CROSS NOVELS

**真船るのあ**
NOVEL Runoa Mafune

**成瀬山吹**
ILLUST Yamabuki Naruse

CONTENTS

異世界に女装で召喚されました！
～国王陛下と溺愛子育てライフ～

天気は、秋晴れ。

今日は彼、苑田璃生が通う都内M大学の学園祭である。

大学構内は既に大勢の客達で溢れ、あちこちで学生達が運営している露店が出て賑わっている。

「はぁ～～～」

だが、そんな周囲のお祭りムードとは正反対に、璃生の心は果てしなくブルーだった。

なぜなら今彼は、バニーメイド姿だからである。

某女性アイドルユニットのふりふりコスチュームを参考にデザインされ、パニエがたっぷり使われた膝上二十センチのミニスカは、太腿がほとんど覗いてしまうほどの短さだ。

そんな派手な衣装に、これまたフリルをふんだんに使ったミニサイズのエプロンをつけ、頭には黒いウサギの折れ耳カチューシャにニーハイソックス。

もともと男性にしては線が細く、身長百六十八センチに体重五十キロと華奢な璃生がばっちりメイクし、そんな女装をさせられると、本物の女性かと見まがうほどの可愛さだ。

そんな派手な出で立ちで、璃生はこれから客引きで大勢の人々の前に立たされるのである。

「いい加減に覚悟を決めろよ。恨むなら、自分のジャンケンの弱さを恨むんだな」

「よ、すごい美脚！」

「ほんとほんと、その辺の女の子よりイケてるぜ！　俺、惚れちゃいそ～」

サークル仲間達にからかわれ、璃生はきっと彼らを睨みつける。

「うるさいっ、俺のことは放っておいてくれ！」

そういう彼らも、璃生と同じウサ耳カチューシャをつけてはいるが、黒服のギャルソンコスチュームでの女装なので、露出は低い。

璃生が所属するサークルでは『女装カフェ』を出店することになったのだが、全員普通の女装では面白くないので、数名コッテコテのバニーメイドの格好をさせようと誰かがよけいなことを言い出し、かくして璃生はジャンケン運のなさにより、みごとその餌食となったのだ。

この日のためにだいぶ前から髪を伸ばして長めにし、女子生徒からメイク方法も教わり練習してきた甲斐があって、女装の完成度はかなりのものである。

調理が終わった焼きそばをパックに詰め、大きめの籐籠に入れて持たされる。

「さっさと売って戻ってこいよ。店で給仕もしてもらわなきゃいけないんだからな」

非情な言葉に後押しされ、部室を追い出される。

やむなく廊下を歩き出すが、すれ違う人々の視線がイタい。

――――こ、このまま消えてしまいたいっ！

こそこそと校舎を出て、言われた通り一番賑やかな正門前の大通りで焼きそばを売り始める。

「や、焼きそばいかがですか～？　おいしいですよ～。東棟二階で女装カフェやってま～す」

「お、可愛いバニーメイドちゃんが、焼きそば売ってるぞ！」

「え？　男？　女？　どっち？」

「女装カフェって言ってるから、男だろ」

「嘘だろ！　めっちゃ可愛いじゃんか。きみ、本当に男？」

興味本位の若い男性客数人に囲まれてしまい、璃生はヤケクソになって叫ぶ。

「男です！　カフェの方では俺より可愛い女装男子、いっぱいいますよ！」

「マジで？　行ってみるか」

そんなこんなで、焼きそばもぽつぽつ売れていく。

半分ぐらいに減った頃にはようやくその出で立ちにも慣れてきて、璃生は笑顔で接客できるようになってきた。

まぁ、これも年を取って振り返れば、いい思い出になるかもしれない。

そう開き直る。

——卒業するまでに、一つでもいい思い出増やせたらいいな。


璃生は、今年で大学三年生になる。

両親は璃生が生まれてまもなく離婚したらしいので、父親の顔は知らない。

離婚原因は父の浮気だったので、気の強い母は父の写真を一枚残らず捨ててしまったらしい。

母は生まれたばかりの璃生を連れて実家を頼り、そうして璃生は母方の祖母と母との三人暮らしで育った。

だが、女手一つで育ててくれた母も、璃生が中学生の頃、急な病気で亡くなってしまった。

年金暮らしの祖母に迷惑はかけられないと、成績のよかった璃生は奨学金がもらえるこの大学を受験し、みごと合格したのだ。

そして去年、たった一人の家族だった祖母も亡くなった。

二十一歳にして、兄弟も親戚もいない璃生は、天涯孤独の身の上になってしまったというわけだ。

今は、祖母が残してくれた小さな一戸建ての実家で独り暮らしをしながら、電車とバスで約三十分かけて大学へ通っている。

初めは寂しかったが、今ではもうすっかり慣れてしまった。

思えば、自分は肉親との縁が薄い星の下に生まれたのだろうという、あきらめもあったかもしれない。

そろそろ就職活動も本腰を入れる時期になり、忙しくなるので、この学園祭が最後の学生らしいドンチャン騒ぎになりそうだ。

だからせめて、大学生活では仲間との楽しい思い出を作りたかったのだ。

それが女装させられても学祭に参加した、一番の理由だった。

と、そこで璃生はふと、重大なことを思い出す。

――そういえば、今日返事くれるって言ってたのに、まだ先輩から連絡来ないなぁ。

まずはお目当ての企業に就職している、大学の先輩から話を聞ける約束になっていたので、璃生は先方からの日時指定のメールを待っていたのだ。

もう一度確認しようか、と璃生がエプロンのポケットからスマホを取り出すと、さきほどまでは晴天だった空が一瞬にして暗くなった。

「な、なんだ？　急に天気悪くなってきたな」

「雨降りそうね」

周囲の学生達が騒ぎ始めると、突然空を切り裂くような雷鳴が轟（とどろ）く。

「きゃ～っ！」

「落雷したら大変だ。建物の中に入った方がいい！」

璃生は咄嗟（とっさ）に叫び、近くにいた子どもや女性客達を校舎の中へと誘導する。

なんだか、様子がおかしい。

普段と異なる違和感に、璃生は危機感を募らせる。

――よし、全員避難したな。

ひと通り客を屋内へ避難させたのでほっとし、自分も校舎に入ろうとした、その時。

ひときわ凄まじい落雷の光が空を切り裂き、璃生の全身に電流のような衝撃が走った。

「きゃ～！　メイドさんが雷に打たれた⁉」

「大丈夫か⁉」

それを目撃していた人々の悲鳴が聞こえてきたが、一瞬にして意識が暗転する。

――どれくらい時間が経ったのだろうか。

ほんの一瞬のような気もするし、かなり経っているような気もする。

ふと気づくと、璃生は真っ暗な空間に一人佇んでいた。

「……え？　ここ、どこ……？」

慌てて周囲を見回すが、あの賑やかだった学園祭の露店など影も形もない。

あるのはただただ、ひたすらの闇だけだ。

いや、ふと足許が明るかったので視線を落とすと、音も振動もない動く歩道のようなものに乗っていることに気づく。

「なんだ、これ……？」

この歩道は、いったいどこへ繋がっているのだろう？

降りたくても、足を踏み外したら奈落の底へ落ちてしまいそうで怖くて、それもできない。

と、その時。

『…………』

聞いたことのない言語で意味はわからなかったが、機械音のようなひどく無機質な声音が頭上から降ってきた。

「だ、誰……!?」

咄嗟に声をかけてみるが。

『……異世界言語、自動変換機能付与します』

その言葉と共に、突然周囲がまばゆいばかりの光に包まれる。

「うわっ……！」

すると動く歩道のスピードも速くなり、璃生はパニックに陥った。

「な、なんなんだよ⁉　誰か、いるなら返事してくれ……！」

やはり自分は雷に打たれて、死んでしまったのだろうか？

ここは天国なのか？

そんな恐ろしい考えに支配されかけた時、突然目の前に浮遊する物体が現れる。

——え？　虫……？　動物⁇

ふわふわと上下しながら目の前に接近してきたのは、なんと手のひらに乗るほどの大きさのパンダだった。

いや、正確に表現するならば、パンダによく似た生物だ。

なぜなら、そのミニサイズパンダの背中には、よくＲＰＧゲームで見かけるドラゴンのような羽根が生えていて、それを羽ばたかせてふよふよと浮遊しているからだ。

地球には少なくともミニサイズのパンダは存在しないし、もちろん背中に羽根も生えていない。

「テステス、あ〜、もう言語変換できてますよね？　お初にお目にかかりますぅ！　ワタクシは創造神メリスガルド様の神使(しんし)、パンタドゥラ・アクス・イリアウスと申します。いやぁ、璃生様、あなたは実に幸運なお方ですよ！　なんたって魅惑の楽園世界、偉大なるメリスガルド様が治める、あのキリルシーナ大陸に転生できるんですからね！」

「は……？　楽園？　転生？」

なにを言っているのかさっぱり理解できず、璃生はオウム返しに繰り返す。

「まぁまぁ、突然のことで混乱するお気持ち、よ～くわかりますよ！　でももう璃生様、異世界に召喚されちゃったんで。ここは一つ、過去は振り返らず前向きにいきましょうよ！」

と、長い名前の生物――パンダとドラゴンが交じっているので、璃生は勝手にパンドラと命名することにした――は脳天気にそう励ましてくる。

「ちょ、ちょっと待った！　俺、やっぱり死んじゃったの⁉　そんな実感ぜんぜんないんだけど！」

「皆さん、そうおっしゃるんですよぅ。でもメリスガルド様に召喚された方、皆大陸に転生されるんで。まぁ、たま～にミスがないこともないんですけどね。あ、これメリスガルド様には内緒にしておいてくださいね？」

そんなことは、どうでもいい。

聞きたいことは山ほどあるのだが、パンドラのマシンガントークは止まらず、璃生は口を挟めない。

「でもご安心ください！　今後このワタクシがガイド役として璃生様の陰になり日向になり、サポートしていくんで！　大船に乗った気でいてくださいね！　まずは煌の巫女として、璃生様のお役目の説明なんですが……」

――あ、やっぱ俺死んだんだ……死ぬ前って奇妙な幻覚見るって聞いたことあるけど、ほんとなんだな……。

絶望に打ちひしがれながらも、璃生はなにより大学ＯＢとの約束が気にかかる。

この状況では、もはや奇跡でも起きないかぎり、待ち合わせの場所には行けないだろう。せめてスマホが使えれば、連絡できるのに。

混乱する璃生の鼻先を浮遊していた未知の生物は、短い腕を組んで璃生をまじまじと観察している。

「あれ、おかしいな？　本来ならとっくに転生完了してるはずなのに。ちょっと待っててくださいね！」

そう言うと、パンドラは頭上にいる誰かと話し始めるが、璃生には相手の声は聞こえない。

「メリスガルド様、緊急事態ですぅ！　煌の巫女の転生が起こりません……！　……え？　イレギュラー発生？　まぁとにかく、もうやり直しは利かないから、送り込んでしまえと？　いやいや、さすがにそれは乱暴ですぅ」

などと恐ろしいやりとりをしているので、ぞっとする。

「し、死んでないなら、元の世界に戻してくれよ！　俺、先輩からの連絡待ってるんだ！」

「それは無理な相談ですよぅ。いったんこの光のゲートに入ってしまったら、行く先は一つしかないんで。あなたはキリルシーナ大陸シルスレイナ王国の、煌の巫女に選ばれちゃったんで」

「そんなん知るか〜っ！　今すぐ帰せ!!」

「まぁまぁ、そう興奮しないで。あ、もうすぐ召喚完了しますね。そしたら最後に一つ、メリスガルド様からの出血大サービス！　なにか望みごとはありますか？　あ、元の世界に戻りたいっていうの以外で」

「……望み？」

そんなことを急に言われても、このパニック状態で咄嗟に思い浮かぶはずもない。

「あ、もう時間ないんでお早めに。タイムアップ後は無効になっちゃいますんで」

「なんだ、それ。あ〜もう！　んじゃスマホ！　スマホ使えるようにしてくれ……！」

とにかくＯＢからのメールを受け取らねばということだけが頭にあって、璃生はそう叫ぶ。

すると。

『承認されました。煌の巫女所有のスマートフォン、改造完了しました』

「へ？　改造？　ちょっと！　人のスマホになにしてくれてんだ⁉」

エプロンのポケットから慌ててスマホを取り出し、確認しようとしたその時。

光の歩道が突然止まり、再び目も眩むほどのまばゆい光に包まれる。

「うわ〜〜〜〜‼」

続いて衝撃があり……。

あ、これまた死んだ？

もう一回死んじゃった……？

と恐る恐る瞑っていた目を開けてみる。

すると、そこはテーマパークの大広場に似た、煉瓦造りの建物に囲まれた場所だった。

だが石畳の地面には、なにやら巨大な魔方陣のようなものが光るように浮かび上がって輝いている。

璃生は、そのど真ん中に立っていた。

「おおっ！　ついに我が国に第七十二代目の煌の巫女が召喚されたぞ！」

魔方陣を取り囲むように待ち構えていた人々は、見たところマント姿でまるでファンタジー世界の騎士や神官のような出で立ちだ。

「……ここ、どこ？　なにがいったい、どうなってんの⁉」

突然見知らぬ人々に大注目され、璃生はさらにパニックに陥る。

「璃生様、さきほどのワタクシの説明ちゃんと聞いてました？　璃生様はこのシルスレイナ王国の第七十二代目煌の巫女としてこの地に召喚されたんで。これからはそのお役目をこなしつつ、この王国を守り立てていってくださいね」

「だから、俺は人違いなんだろ⁉　間違ってるってわかってんのにゴリ押しすんな！」

腹立ち紛れに、パンドラを両手で摑み、ガクガク揺さぶってやる。

「あわわ、暴力反対！　人違いというか、予定では美少女に転生するところを元の世界の姿のまま召喚されたというだけなので。まぁ、さほどの問題ではないので」

「こっちは問題おおありなんだよ！　第一、俺は男だし！」

と、魔方陣の真ん中でパンドラとモメにモメていると、周囲の人々もざわつきだす。

「おい……なんだか今回の煌の巫女様は、なんというかその……言動が粗暴のような……」

「それに神使が、あのように貧弱なのは珍しいのではないか？」

「ああ、前のお方は美しいドラゴンだったというのに！　しかも、あのあられもない出で立ちはなんだ？」

「なんとはしたない！　本当に煌の巫女様なのか？　ひょっとして偽物なのでは？」

身分の高そうな中年男性が声を上げると、人々も「ユルギス大公殿下がそうおっしゃるなら、偽物なんじゃないのか？」と口々に呟き、それに同調するような疑いの眼差しで璃生を見つめている。

――な、なんか雲行きがアヤシクなってきた……？

俺、めっちゃディスられてるぜ、と困惑しながら、璃生はパンドラを見上げる。

「パンドラ、あの人達は？」

「このシルスレイナ王国の王族や貴族、それに重臣達ですぅ。悪いことは言わないので、男だというのは隠しておいた方がいいですよ？　ここ、璃生様のいた世界と違って、司法制度、過激なんで。下手すると、煌の巫女になりすました罪で重罪です」

「はぁ⁉　勝手に間違っといてふざけんな！」

事態を悪化させることしか言わないパンドラを、璃生は再び高速で揺さぶってやる。

と、その時。

「皆の者、控えよ……！　陛下のおなりである！」

すると、それまでざわめいていた重臣達が、すっと左右に分かれて道を空け、その中央から一人の男性がこちらへやってくる。

年の頃は、二十六、七歳といったところか。

いくつもの勲章がつけられた重厚な礼服をまとい、白い毛皮を裏打ちした深紅のマントを羽織っている。

そして、白い革手袋をつけた右手には王笏、その燃え立つような見事な赤銅色の髪には、黄金に光り輝く王冠があった。

「……ひょっとして、あれが王様？」

「そうですぅ、シルスレイナ王国のレオンハルト陛下ですぅ。解説しますと、煌の巫女召喚の儀式は国を挙げての神事なので、陛下も礼を尽くして正装してますんで。璃生様もくれぐれも失礼のないように」

「そんなこと言われたって……」

自分はこの世界の常識や作法など、なにも知らないのに、と璃生は途方に暮れる。

恐らく百八十センチを超える長身に、堂々たる体軀。

涼やかな琥珀色の瞳に、高い鼻梁。

なにより目立つのは、その燃え上がるような緋色の髪だ。

まるでライオンのたてがみのようにも見えるので、かなり迫力がある。

璃生の、レオンハルトの第一印象は、美形だが少し気難しそうな人、だった。

そして、それはあながち外れてはいなかったようだ。

「は、初めまして」

やむなく挨拶し、ぺこりと一礼すると、パニエがたっぷり詰まったミニスカートはふわふわと浮き上がり、さらにニーハイソックスから覗く絶対領域の太腿が付け根近くまで露わになってしまい、

璃生は慌てて裾を押さえる。

するとレオンハルトの眉間にくっきりと縦皺(たてじわ)が浮かび上がった。

「……そなた、そのいかがわしいなりはなんだ？」

「いやぁ、これにはいろいろと深い訳がありまして……」

そう言い訳しようとすると、パンドラが「璃生様、裏声裏声！　男だとバレちゃいますぅ」と耳打ちしてきたので、可能な限り声を高く作って続ける。

「い、いつもはこんな格好じゃないんですよ、ほほほ」

「先代の煌の巫女であらせられるエレノア様は、召還の際そのような破廉恥な出で立ちではなかったと聞いておるぞ」

パンドラが耳打ちして説明してくれたところによると、エレノアというのは璃生の前にこの世界に転生し召喚された煌の巫女らしい。

彼女は十代の若い乙女の姿になって召喚され、以来五十年以上シルスレイナ王国を予言の力で繁栄させ、数年前に病で亡くなったのだという。

――美しいドラゴンを連れた前のお方って、その人のことか。そんな立派な人と比べられたら、きっついよ……っ！

偉大なる先代の後にバニーメイド姿の自分が召喚されれば、それはレオンハルトでなくても落胆したくなるだろう。

璃生は彼に同情したくなった。

せめて、こそこそとウサ耳のカチューシャだけは外してみる。

レオンハルトと目が合ってしまったので、愛想笑いをすると、彼は不愉快げに眉をひそめた。

「なにもかもが胡散臭い。そなた、本当に煌の巫女なのか？」

「う～ん、そう改まって聞かれると答えが難しいんですが、そうであるような、ないような……」

すると、またユルギスと呼ばれていた男が声を上げる。

「ますます怪しい奴め。もしや隣国の間者やもしれぬ。身許が判明するまで、地下牢へでも放り込んでおけ！」

「ええっ⁉」

彼も王族らしく、その命令で衛兵達が駆け寄ってこようとするので、璃生は仰天する。

「ちょ、ちょっと待ってくださいっ！　地下牢は困るっていうか……」

この世界の司法がどうなのかもわからないが、一度偽物の烙印を押されてしまえば、その汚名を返上するのは至難の業だろう。

思わず助けを求めるようにレオンハルトに視線を向けると、彼が告げる。

「そなたが本物だというのなら、なにか予言で証明してみせよ」

「予言、ですか……？」

どういうことか、とパンドラを見ると、彼は「煌の巫女は予知能力を持って転生するんですぅ。その有益な予言によって、国がいい方向へ導かれるので、どこの国でも煌の巫女の奪い合いになっていたんですぅ」と教えてくれる。

パンドラによると、かつては煌の巫女の奪い合いで戦争まで起きたこともあったらしい。

煌の巫女の召喚は完全に創造神メリスガルドの気まぐれといってよく、頻度も場所もランダムで、一貫性がない。

なので、魔方陣が出現した土地の所有国が、煌の巫女の所有権を得られるというルールが定められたのだという。

「なんだよ、それ。人を物みたいに。煌の巫女さん達がかわいそうじゃんか」

「璃生様、人のことで怒ってる場合じゃないですぅ。このままだと、マジで地下牢に入れられちゃいますよ？」

「そ、そんなのパンドラが説明してくれればいいじゃんかっ」

「そうしたいのは山々ですけど、私の声、璃生様にしか解読できない仕組みになってるんで。ほかの人間には愛らしい鳴き声にしか聞こえないんです、はい」

「はぁ⁉　マジか⁉」

頼みの綱は、潰えた。

ここは自分の力で切り抜けるしかなさそうだ。

「でも俺には予言の力なんかないのに……っ、どうすればいい⁉」

――どうしよう……いったいどうしたらいいんだ⁉

このままでは、この気難しそうな王様に本当に地下牢に放り込まれてしまう。

ファンタジーRPGゲームが好きな璃生にとって、地下牢は一度入れられたら最後、二度と日の目は拝めない、ジメジメとした不衛生で劣悪な環境というイメージしかなかった。

――でも俺、煌の巫女じゃないし。いや、でも転生してないだけ？

転生していれば従来通り煌の巫女になったらしいのだから、転生していない今でも、煌の巫女といえないこともないのではないか？

そう表現しても、やぶさかではないのではないか？

だが、そんな政治家の答弁のような言い訳が通用するとも思えない。

すると、パンドラが耳打ちしてきた。

「璃生様、スマホ確認しました？　ちゃ～んと大陸仕様に改造されてるでしょ？」

「え……？」

言われて、スマホを取り出して確認すると、電波が届くはずもない異世界で、ちゃんと検索できるので驚く。

「こ、これどうなってんの⁉」

「そこはまぁ、偉大なるメリスガルド様のお力ですぅ。この世界に電気はないので、充電入らずになってますよ」

「マジでか⁉　すごい！」

試しに天気予報アプリを開いてみると、なんと大陸の天気が表示される。

ざっと確認したところ、検索は元の世界のことも調べられるが、電車乗り換えアプリなどは使えなくなっており、天気も現地対応に改造されているようだ。

「いったい、なにをどうやったらこんなことできるんだ……？」

充電不要のスマホなど、全人類の夢ではないか！

いや、今はそんなことはどうでもいい。

とりあえずは地下牢行きを阻止するのが先決だ。

「なにをヒソヒソと呟いておる。返答がないなら……」

と、痺れを切らしたユルギスの合図で、衛兵達が駆け寄って拘束しようとしたので、璃生はレオンハルトに向かって叫ぶ。

「お、王様！　予言できたら、地下牢へは入れないでもらえるんですか⁉」

「むろんだ。そなたが本物の煌の巫女であるならば、従来通り丁重にもてなそう」

「……わかりました。今、なにか困っていることはありますか？」

璃生がそう質問すると、重臣達がヒソヒソと話し合い、最後に王の了承を得てから答える。

「このところ、ここ王都マリーハルンでは一ヶ月以上雨が降らず、空気が乾ききり火事が多発しております。地方の作物の育成にも、影響が出始めておるとか。雨はいつになったら降りましょうや？」

「雨ですか。えっと……」

璃生は試しに天気予報アプリで、シルスレイナ王国の王都付近の天気を検索する。

「……五日後に、降水確率八十％なんで、けっこうまとまった雨が降ると思います」

「降水確率とはなんだ？」

「い、いえ、こっちの話で！」

この時代の文化では、当然人工衛星を使った確実な天気予報などないだろうから、璃生は慌てて誤魔化す。

そんな璃生を、レオンハルトが胡散臭げに睥睨した。

「その、黒い板のようなものはなんだ？」

「こ、これはえっと……私の予言に欠かせない道具です。私にしか扱えませんっ」

このスマホを取り上げられてしまったら、万事休すだ。

璃生が必死にそう訴えると、レオンハルトは幸いスマホを取り上げようとはしなかったので、ほっとする。

「よかろう。では五日待とう。五日後に雨が降らねば、そなたには地下牢に入って取り調べを受けてもらうことになるだろうがな」

レオンハルトは、はなから璃生を偽物と決めつけているようで、璃生が苦しまぎれに先延ばし作戦に出たと思っているようだ。

それにカチンときて、璃生はつい言い返してしまう。

「そしたら、五日間は私と、私の神使に普通の待遇を要求します。文句ありませんよね？」

「ふん、よかろう。五日後が楽しみだ」

そう応じると、レオンハルトはマントを翻し、その場を立ち去る。

彼に仕える重臣達もぞろぞろと後に続き、どうやら最悪の危機は脱することができたようだ。

すると艶やかでまっすぐな青色の髪を肩口辺りで切り揃え、モノクル眼鏡をかけた青年が璃生に歩み寄ってくる。

　煌の巫女召喚の儀式に参加するためか、正装らしき白衣を身につけた線の細い美青年だ。

　その背後には大柄で長身な、銀の甲冑(かっちゅう)を身にまとった青年が付き従うように仁王立ちしている。

　こちらはかなり筋肉質な体躯をした茶髪の短髪で、腰に長剣を佩(は)き、いかにも騎士といった出で立ちだ。

「煌の巫女様、ご案内とお世話をさせていただきます、私は王宮侍従長のサイラス。この者は国王陛下直属の王宮近衛騎士団、第二部隊隊長のアルヴィンと申します。以後、お見知りおきを」

　と、ここでサイラスと名乗った美青年が、恭(うやうや)しく一礼する。

「こちらこそ、よろしく……。あの、俺……じゃなかった、私のことは璃生って呼んでください」

「わかりました。それとレオンハルト様のこと、お許しください。決してあれは本意ではないので。ただ、レオンハルト様は先代のエレノア様のことを心から敬愛しておられましたから、なかなか煌の巫女の代替わりが受け入れられないのでしょう」

「先代の……」

　璃生と同じく、異世界から召喚され、転生した彼女は果たして同じ世界の人間だったのだろうか？

「今度の煌の巫女様は、またずいぶんと刺激的な出で立ちでいらしたと、王宮内で噂が駆け巡りそうだな」

　よろしく、と気さくに握手を求められ、璃生はアルヴィンの勢いに負けて手を差し出す。

が、サイラスが瞬時に自分の身体を盾にして、璃生をアルヴィンから守った。

「アルヴィン、あなたという人は、あれほど煌の巫女様に軽々しく触れてはならないと釘を刺しておいたでしょう。煌の巫女様のお力が失われるようなことになったら、あなたごときが厳罰に処されても足りませんよ？」

「ああ、そうだったそうだった。ついうっかり。そう怒るな。綺麗な顔が台無しだぞ、サイラス」

と、アルヴィンの方はまったく悪びれる様子もなく今度はサイラスの頬に手を触れようとし、つれなくはたき落とされている。

「な、なんか穏やかじゃないことを耳にしたんですが、それってどういうことですか……？」

聞き捨てならない内容が気になって璃生が追及すると、サイラスは言いにくそうに咳払いをする。

「そ、それは私の口からはなんとも……」

「つまり、だ。煌の巫女様は未通でなくなると予言のお力を失うと言われていて、何人たりとも手を触れるのを畏れる存在ということだ」

と、今度はアルヴィンが代わって解説してくれる。

「未通って……」

つまり、煌の巫女は処女を失うと、その不思議な力を失うということか、とようやく察し、初心な璃生は耳まで赤くなる。

「むろん、煌の巫女様が望まれて結婚され、ご自身の意志で引退される場合は別だがな。しかし、国王陛下ですらお相手となれば、国益よりも色恋を優先したとしてよくは思われないので、歴代の煌の巫女様は生涯独身を貫かれる方がほとんどだったそうだ」

「そ、そうなんですか……」

言われてみれば、日本でも古代から神に仕える巫女は未通の処女でなければならないというのはよく聞く話だ。

でも、身体に触れるのも畏れ多い存在ならば、これは男であることを隠さなければならない璃生にとっては朗報といえるかもしれなかった。

「エレノア様は煌の巫女として数々の予言を残され、先々代の国王陛下から今のレオンハルト様まで三代の長きにわたって王家にお仕えされた方なのだ。レオンハルト様はことのほか、エレノア様に絶大な信頼を置いていらしたのでな」

「はぁ、次の煌の巫女が、こんな格好で召喚されたら、それは失望しますよね。わかります……」

自分が彼でも同じことを思うだろうと、璃生は一定の同情は感じたものの、レオンハルトの態度が気に食わないことに変わりはない。

だが、彼に認められなければ地下牢行きは免れないので、なんとかここは煌の巫女として振る舞うしかなかった。

「まずは煌の巫女様のお部屋へご案内させていただきます。こちらへどうぞ」

「は、はぁ……」

逆らっても仕方がないので、やむなくサイラス達に連れられ、いよいよ王宮の中へと入る。

「うわ、すごい……！」

一歩中へ足を踏み入れると、壮大な壁画が天井一面に描かれていて、その繊細さと美しさに思わず息を呑む。

金細工をあしらった、豪華な調度品の数々に、床に敷かれた深紅の絨毯はいかにも王侯貴族の住居といった趣だ。

璃生はまだ海外旅行をした経験はないが、ネットで見かけたヴェルサイユ宮殿に似ているな、などと考える。

——異世界っていうから、魔法にギルドの世界って勝手に思い込んでたけど……。

少なくともこのシルスレイナ王国を今までの世界に喩(たと)えるならば、近世ヨーロッパ時代が一番近いようだ。

芸術や文化も発達しているようだし、建築物や装飾品の技術の高さなどかなりのものである。

途中、階段を上がり、バルコニーがあったのでサイラスに許可をもらい、そこから眼下を眺める。

はるか遠くには深い緑が生い茂る森林が広がり、王宮近くの街には煉瓦や石造りの建物が密集していた。

そこはどこからどう見ても、璃生がいた日本の風景ではなかった。

——俺、ほんとに異世界に飛ばされちゃったんだ……。

これが夢なら、どんなにいいだろう。

だが、頬を抓ってみても目は覚めないし、現実は変わらない。

王宮の中はとてつもなく広く、しばらく回廊を歩かされると、やがて奥まった一室へと案内される。

繊細な彫刻が施されている重厚な扉を開けた先には、そこは三十畳ほどもあろうかという広さの部屋で、いかにも女性らしい瀟洒なドレッサーや家具、それにレースの天蓋付き寝台が置かれていた。

見るからに身分の高い女性の私室といった趣の豪華さで、ここが煌の巫女用の部屋だとしたら、その優遇ぶりが伺い知れた。

「調度品などはすべて一新されておりますが、元々は先代のエレノア様がお使いになられていたお部屋です。とりあえず五日間はこちらにご滞在いただけますか？」

「……それ、五日過ぎたら地下牢へ部屋替えの可能性ありってことですよね？」

璃生の質問に、サイラスは気まずそうに咳払いで誤魔化す。

すると、部屋の外に待機していたらしい侍女が二人入ってきた。

「こちらは、王宮女官長のメリッサと、侍女のルナです。これより煌の巫女様の身の回りのお世話をさせていただきますので、よろしくお願いいたします」

三十代後半とおぼしきメリッサが代表して挨拶すると、年若いルナもお辞儀をする。

「こ、こちらこそよろしくお願いします、璃生です。でも、自分のことは自分でできるので大丈夫ですよ」

男だとバレる可能性があるので、しょっぱなからそう牽制する璃生だ。

「左様でございますか。エレノア様も他人に触れられると予言の力が弱まるからとおっしゃられて、大抵のことはご自分でなさっていらっしゃいました」

「そ、そう、それです！　予言力、落ちちゃうんで！」

これ幸いと便乗すると、一応納得してもらえたらしいが、彼女らとサイラス達は璃生がこれからの五日間、逃亡などしないよう見張る役目もあるようで、部屋からは出ていってもらえないようだ。

それはもうしかたがないかとあきらめ、璃生は手にしていた籐籠をテーブルの上に置いた。

中には、売れ残っていた焼きそばがまだ五パック残っている。

それを見たら、まだ昼食も摂っていなかったことをようやく思い出し、璃生の空っぽの胃袋がくうっっと音を立てて鳴った。

「あの、ちょっと食事してもいいですか？」

「かしこまりました。すぐにご用意いたしますので」

「あ、これ、自分で持ってるんでおかまいなく」

そう断り、璃生は「いただきます」と両手を合わせ、割り箸（わりばし）を割ってさっそく焼きそばにかぶりついた。

どうせこのままにしておいても、今日中が賞味期限で捨てることになってしまうのだから、元の世界の食べ物をよく味わって食べる。

普段のように豪快に掻き込むと、それをサイラス達が凝視しているのに気づき、慌てて速度を落とす。

——いかんいかん、俺、今『女性』なんだった。

一口を小さくし、「ほほ、おいしい」ととってつけたように笑って誤魔化す。

すると、侍女のルナがごくりと喉を鳴らした。

「あの、それは煌の巫女様がいらっしゃった世界の食べ物なのですか？」

おなかが空いているのかなと思い、「よかったら食べてみます？」と一パック差し出す。

「い、いいえ、煌の巫女様のお食事を分けていただくなんて滅相もない！」

と、ルナは恐縮して遠慮したが、璃生は「一人じゃ食べ切れないんで、手伝ってくれたら嬉しいです」と答える。

「うまそうだな、俺にももらえるか？」

と、今度はアルヴィンが言い出し、手を伸ばしてきたのでこちらにも一パック渡す。

「な、なにをやっているのだ、貴様という奴は！」

「だって、気になるじゃねぇか。異世界の食い物なんてよ」

豪快に笑うと、アルヴィンは璃生に割り箸を割ってもらい、それを受け取った。

「こうやって食うのか？」

この国では麵を啜り上げる習慣がないらしく、アルヴィンは使いにくそうに箸を持って麵を口の中に押し込んでいる。

「どう、ですか……？」

その場に居合わせた全員が、固唾を呑んで見守ると、アルヴィンは咀嚼し、呑み込んでから「今まで食ったことのない味だが、うまい……！」と唸る。

「リオ様、これはなんという食い物だ？」

「焼きそばって言います。気に入ってもらえてよかった」

璃生が言うと、ルナも我慢できなくなったのか、「わ、私も一口……っ！」と頰張り、その不作法を窘めるべき立場のメリッサも好奇心を抑えられなくなったのか、こっそり味見させてもらっている。

「……！　畏れながら、これを王宮料理長に試食させてもよろしいでしょうか？　きっと驚くと思います」

と、メリッサが興奮ぎみに告げる。

「どうぞどうぞ。余ってる分、欲しい人に食べさせてあげてください」

そう言って残りのパックを渡すと、メリッサ達はそれを抱えて部屋を飛び出していった。

「サイラス、ほら、おまえも食べてみろ。うまいぞ」

「わ、私は……もがっ！」

拒もうとするより先に、アルヴィンが問答無用で焼きそばを彼の口に押し込む。

「き、きはまほいふやふは……おいひい……」

「だろ？」

そうこうしているうちに、メリッサ達がなぜか血相を変えた小太りの料理長らしき男性を連れて戻ってきた。

数人の料理人も従え、全員厨房から走ってきたのか息を切らしている。

「お、畏れながら、煌の巫女様にお伺いしたく……！　この異世界の食べ物は、いったいなにでできているのでしょうか？　我が国では、聞いたことも見たこともありませんっ」

「えっと、ちょっと待って」

焼きそばの原材料ってなんだろう、と、璃生はスマホで検索してみる。

調べてみると、中華麺はパスタを重曹で茹でると縮れるので、代用できるらしい。

焼きそばソースは、主にトマトや玉葱、林檎などの野菜や果物にオイスターエキス、肉エキスなどで作れるようだ。

「この世界に、パスタ……えっと、小麦でできた麺類みたいなものはありますか？」

「はい、ございます」

聞けば、やはりヨーロッパと同じように小麦が主食の文化らしく、パンとパスタは庶民から貴族まで幅広く愛されているようだ。

「そしたら、なんとかなるかも！」

焼きそばソースに必要な材料を告げると、料理長は揃えてみせると胸を叩いた。

「煌の巫女様の元の世界で流行ったメニューともなれば、我が国で大流行すること間違いなしです！」

「や、焼きそばが……？」

どうやら焼きそばは彼らのハートにクリーンヒットしたようで、どうにかして似たものを作ってみたいようだ。

――五日間、することもないし、閉じ込められて悶々としてるより、皆の力になれた方がいいよな。

なにがどうなって、こんなことに巻き込まれてしまったのかとは思うが、くよくよしていてもしかたがない。

五日の猶予(ゆうよ)のうちに、この世界の情報をできるだけ多く集め、元の世界に戻る方法を見つけよう。

「よかったら、手伝いますよ。焼きそばの再現」

「ええっ⁉　本当ですか？　それは我々にとっては百人力ですが、煌の巫女様にそんなことをお願いしてもよろしいのでしょうか……？」

と、料理長が困惑している。

「大丈夫、私、まだ王様に本物だって認めてもらってないんで」

と、璃生としては笑いを取るつもりで言ったのだが、その場に居合わせた全員が沈黙したので、あれ、これって俺の立場かなりヤバいのか……？　と背筋がひやりとする。

「面白い！　では我々も付き合うことにしよう」

「本気で言っているのか、アルヴィン⁉　そんな勝手なことをして、もしレオンハルト様に知られたら……」

「我々の任務は、煌の巫女の護衛兼監視だ。巫女が厨房にいようがこの部屋にいようが、大差はなかろう」

「し、しかしだな……！」

「それに俺は、この食い物をいつでも食えるようになってほしい」

「……それが本心か。まったく貴様という奴は……」

あまり深く物事を考えない、猪突猛進(ちょとつもうしん)型のアルヴィンに、サイラスがため息をつく。

「璃生様、ホントに大丈夫なんですかぁ？」

その展開に不安を感じたのか、パンドラが耳打ちしてくる。

「当日雨が降るかどうかなんて、完全に運任せだろ？　ほかにすることもないしね」

元の世界での天気予報アプリでは、降水確率八十％ならほぼ的中する精度だったが、メリスガルドが改造したスマホがその正確さを引き継いでいるかどうかはわからない。

まさに神のみぞ知る、だ。

この現状でこれから先のことを考えているだけでどうにかなってしまいそうだったので、璃生はもはやすっかり現実逃避と開き直りの境地に達していた。

「よし、それじゃさっそくとりかかりましょうか！」


こうして、璃生はその日から日中は厨房で料理長達と焼きそばの試作に熱中し、夜は部屋へ戻り、スマホでこの世界のことを検索して可能な限り情報を頭に叩き込んだ。

サイラス達とも打ち解け、わからないことはいろいろ教えてもらったので、それも大いに助けになった。

まだ正式に煌の巫女と認められてはいなかったが、着替えがなく、いつまでもバニーメイドの格好でいるわけにもいかないので、用意されていた巫女衣装の普段着を借りている。

煌の巫女の衣装は、いかにも清楚な純白のドレスに、レースで縁取りされた長いベールを頭から被るようになっていて、透明な宝石が散りばめられたヘッドアクセサリーをつけている。

なにしろ煌の巫女は聖なる存在なので、その衣装も普段から露出の少ないように配慮されているらしいが、それは男だと知られたらまずい璃生にとっては実にありがたかった。

この世界では黒髪が珍しいらしく、侍女達からは「綺麗な御髪ですね」と褒められ、なんだか照れ臭い。

「こっちの世界って、俺の元いた世界で喩えると、やっぱり近世ヨーロッパが一番近いかも」

今は人目がないので邪魔なベールを放り出して天蓋付き寝台に寝そべり、スマホを弄っていた璃生が言うと、近くを羽ばたいていたパンドラが寄ってくる。

「こちらのこと、ずいぶんおわかりになってきたみたいですね」

「うん、なんとかね」

このキリルシーナ大陸には、大きく分けて五つの種族の人々が存在する。

人間族、妖精族、獣人族、魔人族、龍人族がそれぞれの領土で暮らし、共存しているらしい。

すなわち、このシルスレイナ王国は人間族の区域に位置している。

大国、シルスレイナを中心に、周囲をいくつかの小国で囲まれている地図を眺め、これがキリルシーナ大陸のたった五分の一の領土なのだから、この世界もとてつもなく広いんだなぁ、と感心する。

「この世界では、魔石が電気というか、動力源になってるんだよね？」

「ええ、魔石はエネルギー源として利用されているもの、治癒魔法が含まれたものなど、多岐にわたっているので万能なんですぅ」

　パンドラの説明によれば、魔石は大陸のどこでも採掘できるが、特に魔人族の領土でよく採れるらしい。

「サイラス様は、魔人族と人間族のハーフらしいですよ」

「へぇ、異種族間での結婚もあるんだ」

「ええ。種族が違っても婚姻し、違う種族の国で暮らす人々もいます。サイラス様はこの王宮にいらしてまだ間もないというのに、あっという間に出世されて侍従長に抜擢（ばってき）された有能な方のようです」

「わかる。サイラス、仕事できるもんね」

「それと、王宮近衛騎士団隊長のアルヴィン様は、なんとレオンハルト陛下と乳兄弟らしいですよ！見かけによらず名門貴族のご出身なのですね」

「へぇ、だからあんなに王様と親しげなんだ」

　ゴシップ好きのパンドラは、その小さな身体を生かして王宮のあちこちで侍女達や近衛兵達の噂話を聞き漁り、既に王宮の事情通と化していた。

　だが、まだまだ知らないことが多過ぎて、璃生はため息をつく。

「このスマホ、すごいチート性能だけど、結局もう元の世界と連絡は取れないんだよね……」

　スマホを顔の上に翳（かざ）しながら、呟く。

　何度も試してみたが、ＯＢからのメールも電話も受信できなかったので、結局約束をすっぽかしたことになってしまったのが心苦しい。

元の世界では、自分は突然失踪してしまったことになっているのだろうか？

一人暮らしだった実家は、今後どうなってしまうのだろう？

——まぁ、身よりがないから、心配する人もいないんだけど。

とはいえ、就職活動も途中だし、せっかく苦労して入った大学もちゃんと卒業したい。

帰れるものならば、なんとかして帰りたい。

そのためには少しでもこの世界のことを学んで、元の世界へ戻る手がかりを探すしかなかった。


そして、五日後。

「……そなた達は、いったいなにをやっておるのだ？」

約束の日の夕方、厨房を訪れたレオンハルトは、あきれ果てた声を出す。

「え……？」

焼きそばソースの試作を繰り返していた璃生は、レオンハルトを見て、ようやく今日が約束の日だったことを思い出す。

重曹でパスタを茹でると、中華麵は簡単に作ることができてこちらはあっさりクリアしたのだが、焼きそばソースの味が今一つ決まらなかったので、ずっとソース作りに没頭してしまっていたのだ。

「それより、雨はどうだ？　今日一日、清々しいほどの晴天だったが？」

と、レオンハルトは勝ち誇った様子で夕日が差してきた窓の外を指し示す。

確かに、今日はうんざりするほどいい天気で、まったく雨が降る気配はなかった。

——メリスガルド様の改造スマホ、やっぱテキトー性能だったのか……!?

これはかなりのピンチだと、璃生は内心焦ったが、気丈に言い返す。

「けど、まだ夜までは時間があります！　一日は一日でしょ？」

「ふん、往生際が悪いな」

「それまで、私はここにいます。逃げも隠れもしませんから」

言いながら、璃生はずっと鍋で煮詰めていた焼きそばソースの味見を繰り返し、もう少し果物を足してもらう。

調理中は邪魔なのでベールも外し、レースがふんだんに使われたドレスの袖が汚れないように紐を借りてたすき掛けにし、動きやすくしている。

普通、こうしたドレスを着る高貴な立場の女性が家事労働や料理をすることがないため、どうしたものかと思ったのだが、日本古来の便利アイテムを思い出し、利用させてもらった璃生だ。

「さきほどから、いったいなにをやっている？」

「リオ様の、元の世界の『ヤキソバ』って食い物を再現できるか試してるんだ。うまいんだぜ」

と、代わりにアルヴィンが説明してくれる。

「……できた！」

璃生はようやく納得のいく仕上がりになった焼きそばソースで麺を炒めると、周囲にソースが焦げる香ばしい匂いが漂う。

「な、なんだ、この嗅いだことのない匂いは……？」

と、レオンハルトがたじろいでいる。

――あ、そっか。この世界には香ばしいって文化がなかったのかな？

手早く仕上げ、璃生は、小皿に試食品を載せて皆に配る。

「王様も、食べますか？」

「……」

差し出された小皿を反射的に受け取ってしまったレオンハルトは、見慣れぬ料理に怪訝そうな表情になった。

「先に俺が毒味をしよう」

「またそんなことを。自分が早く食べたいだけでしょう」

サイラスに突っ込まれながらも、アルヴィンがフォークを使い、焼きそばを頬張る。

「……うん、本物にかなり近くなってる。うまいぜ！」

「本当ですか？　よかった！」

「わ、私にもください！」

料理人達がこぞって試食する光景を、レオンハルトはあっけに取られて眺めていた。

そして、自分の手許の皿に視線を落とし、渋々といった様子で焼きそばを口に入れる。

「……なんだ、これは？　今まで食べたことがない味だ」

「な？　うまいだろ？　今度の煌の巫女様は型破りだが、面白いぜ」

乳兄弟のアルヴィンの言葉に、レオンハルトは眉間に縦皺を寄せるがフォークは止めない。

「あれ、完食ですか？」

「……夕食前で空腹だったからだ！」

おいしいとはかたくなに認めないが、空になった皿は雄弁に物語っていた。

すると。

「あ、雨です……雨が降ってますよ！」

料理人の一人が、窓の外を指差す。

言われて全員が注目すると、確かに急な大雨がざっと降り出し、窓硝子を叩いている。

「おお！　予言通り雨が降ったな」

「これでリオ様は、本物の煌の巫女として認められますね」

あきらかに喜んでいるアルヴィンとサイラスに、レオンハルトの眉間には再び深い縦皺が刻まれた。

「……そなた達、いつのまにこの者に肩入れするようになったのだ？」

「も、申し訳ありません、陛下」

「いいじゃないか、予言は当たったんだし。そりゃ、ちょっとばかり破廉恥な格好で召還されたのは今までの巫女様にはなかったことだが、俺はリオ様を気に入ってるぜ」

「偉そうに！　貴様が気に入ったからといってどうだというのだ。陛下に失礼だぞ」

「サイラスは相変わらずガチガチに固いなぁ。で？　リオ様は本物ってことでいいんだろ？　レオンハルト様」

アルヴィンの問いかけの返事を、その場に居合わせた全員が固唾を呑んで見守る。

「畏れながら、陛下！　リオ様は使用人である我々にも分け隔てなく接してくださり、私の我が儘で始めたこの試作品作りを手伝ってくださったのです。決して悪いお方ではないと、私は信じております！」

と、料理長がその場に跪いて懇願する。

「わ、私もそう思います！」

「リオ様は占い板を使われて、野菜や肉を煮込んで元の世界のソースを再現されました。常人にできることではありません！」

「皆……」

まだたった五日の付き合いだというのに、皆が口々によそ者の自分を庇ってくれたことが嬉しくて、璃生は胸が熱くなる。

「……もうよい。わかった」

いかにも不承不承といった様子だったが、レオンハルトがそう告げる。

「一応予言は当たったのだ。とりあえず暫定的にだが、そなたを煌の巫女と認めよう」

「やった！」

「よかったですね、リオ様！」

と、璃生本人より周囲の人間達が大喜びだ。

「ありがとう、皆」

こうして、なんとか首の皮一枚繋がった璃生は、レオンハルトから改めて王宮での生活を許されたのだった。

そんなこんなで、璃生の異世界王宮生活は始まったわけだが、煌の巫女として認められたら認められたで、あらたな問題が発生した。

「は？　幸運のお告げ？　なにそれ」

着替えと洗顔を済ませ、メリッサが運んできてくれた朝食を食べながら、璃生は聞き返す。

「煌の巫女様が、陛下へのその日一日の祝福を授ける儀式のことです。エレノア様は毎朝陛下と対面されて、その日の注意事項や幸運をもたらすお守りをお授けになっておられました」

と脇に控えていたサイラスが教えてくれる。

あれ以来、すっかり気心が知れているので、璃生のお目付役はそのままサイラスが務めることとなった。

アルヴィンは近衛騎士団長としての任務があるが、マメに立ち寄っては顔を出してくれている。

サイラスも侍従長として多忙な身なのに、本来の仕事とは違うことをさせてしまい、申し訳なく思う璃生だ。

——ええ～マジか。

相変わらずレオンハルトは璃生に対する不信感を隠しもしないので、二人の仲は依然として険悪なままなのに、なぜ奴の幸運など占ってやらねばならないのか。

そんなん知るかよ、と内心悪態をつく。

「そしたら、毎朝王様に会わなきゃいけないいんだ。ユウウツ……」

「リ、リオ様！　不敬ですよっ。そんなことをおっしゃってはいけません。煌の巫女様の、とても重要なお仕事なのですよ？」

「だってさ～、あの人カンジ悪いんだもん」

「とにかく、お支度をなさってください！」

サイラスに尻を叩かれ、渋々用意された巫女服の正装に着替える。

代々煌の巫女には決められた巫女服が支給されるらしく、儀式に参加する際の正装も普段着と似た雰囲気の純白のドレスだ。

こちらは正装なので、普段着よりさらに高級そうなレースがふんだんに使われている。

煌の巫女は予言の力を守り、他人との接触を断つためにドレスも露出が少なく、常に手袋をつけていなければならないらしい。

それに普段着と同じように、長く裾を引く白いレースで縁取られたベールを被り、透明の宝石が散りばめられたヘッドアクセサリーをつける。

こちらも、聖なる存在の煌の巫女の素顔を無闇に晒してはならないという掟によるようだ。

手袋まで白ずくめで、まるで毎日が結婚式の花嫁のようだが、一枚ベールがあると顔も見えにくくなるし、体型もカバーできるので璃生にとっては実にありがたかった。

白粉(おしろい)などの化粧品も侍女が用意してくれたので、元の世界でメイクを練習しておいてよかったと、女装喫茶を企画した悪友達に感謝する。

さすがに、化粧なしで女性になりすますのは難しい。

ちなみに胸には柔らかい布を形よく詰めて、なんとか誤魔化している。

仕度が済むと謁見の間へ連れていかれ、しばらく待機していると、ややあってレオンハルトが入ってきた。

「おはようございます、王様」

一応サイラスに教えられた作法通り、ドレスの裾を引いて恭しく挨拶するが、レオンハルトはそれを鼻先であしらう。

「相変わらずお気楽な顔をしておるな。悩みがなさそうでうらやましいことだ」

「いえいえ、どういたしまして。四六時中眉間に皺寄せてる人よりは百倍しあわせなんで」

「リ、リオ様っ」

青くなったサイラスに窘められるが、レオンハルトと璃生の間には見えない火花が散る。

「……ふん、そなたの幸運のお告げなど、とても効果は期待できそうにないが、一応聞いてやろう。比較するのもエレノア様に申し訳ないが、あの方のお告げの的中率はかなりのものだったぞ？」

そう挑発され、璃生はむっとしてスマホを取り出す。

——えっと、ようは本日のラッキーアイテム占いみたいなもんだよな？

と、占いアプリをあれこれ検索してみる。

「王様、誕生日は？」

と、彼のデータを聞き出し、それを参考にしていくつかの占いをクロス検索する。

「えっと……今日のあなたに幸運をもたらすのは、黄色いものだそうです。短気は損気、すぐカッとなると幸運を逃がします、ですって。当たってますね、ほほほ」

と、高笑いしてやるとレオンハルトもむっとする。

「なんだ、それは。本当にメリスガルド様からのお告げなのか？　先代のエレノア様のお告げは、もっと詳細だったぞ」

「は？　なんですか、それ」

さらにレオンハルトは、目の前をふよふよと羽ばたいていたパンドラに視線をやった。

「それにエレノア様も、メリスガルド神の神使を連れていらしたが、こんなちんくしゃではなかった」

聞けば、先代のエレノアが連れていたのは、それは美しい巨大なドラゴンだったそうだ。

天空を翔るその姿は実に優美で、いかにも神の使いにふさわしい姿だったらしい。

どうやら、璃生が連れている神使であるはずのパンドラがミニサイズだったことも、本物かどうか疑われる理由の一つだったようだ。

それを聞くと、パンドラがあきらかに落ち込んでいる。

「どうせ私は、神使の落ちこぼれですぅ。やっとやっと大切なお役目に大抜擢(だいばってき)されたというのに、こんな転生し損ねの跳ねっ返りの煌の巫女担当になってしまって、ああっ、私ってばなんてツイてないんでしょう……！」

「本人を前にして、ずいぶんな言いぐさだな、おい」

思わず素で突っ込んでしまい、レオンハルトの前だったことを思い出し、璃生は「あらやだ、私としたことが、はしたない」と、げふごふ咳き込んで誤魔化した。

パンドラの言葉は自分以外の人間にはわからないので、助かったと内心胸を撫で下ろす。

だが、仮にも相棒をディスられては黙っていられない。

「あのですね……！　黙って聞いてれば言いたい放題言ってくれますね？　私のことはともかく、パンドラのことを悪く言うのやめてください」

「……なんだと？」

「り、璃生様ぁ！」

パンドラが止めに入るのを制し、さらにズケズケと言ってやる。

「お……私だって、好きでこの世界に飛ばされてきたわけじゃないんです。そりゃあ前の方は偉大だったかもしれないですけど、いちいち比較しないでもらえますか？」

――だってさ、出来損ないの巫女の俺に、本物と同じ効果を期待されても困るし！

なにより、レオンハルトがいつまでも身許を疑ってくるのも腹に据えかねていた。

「この私にたてつくとは、いい度胸だな」

「たてついたら、どうなるっていうんです？　また地下牢入れるって脅すんですか？」

たとえそうなってもかまうものか、と負けずに彼を睨み返す。

「レ、レオンハルト様、お怒りをお鎮めください！　リオ様はまだこちらの世界に慣れておられず、少し動揺していらっしゃるだけですので」

二人が一触即発の雰囲気で睨み合う中、慌ててサイラスが仲裁に入ってくれる。

レオンハルトはなにか言いたげに、いったん口を開きかけたが、

「……よい」

短く一言告げると、そのまま部屋を出ていってしまった。

てっきりまた激昂されると思っていたので、拍子抜けしてしまう。

「はぁ……リオ様、これ以上心臓に悪いことは勘弁してください……」

「ごめんね、サイラス」

レオンハルトに腹は立つが、間に挟まれるサイラスには心労をかけて悪かったなと一応反省する璃生だ。

「璃生様、私のためにすみません」

執務室を出ると、肩に止まっているパンドラが殊勝に謝ってくる。

「でも、庇ってくださって嬉しかったですぅ」

「当然じゃん。だってパンドラは俺の相棒なんだからさ」

――あ～でも王様ってば、腹立つ～～。

人のいい璃生は、自分がけなされてもさして気にしないが、周囲の者への侮辱は許せないのだ。

内心ムカつきながらも自室へ戻った璃生だったが、邪魔なベールを剝ぎ取り、暇ですることがないのでまたスマホを弄り始める。

ソファーで情報検索をしていると、ふと、部屋の扉が少し開く気配がしたので、なにげなくそちらを見た。

すると、隙間からひょこりと金髪の巻き毛が覗いている。

パンドラと二人だったので、胡座を搔いていた璃生は急いでドレスの裾を直して立ち上がり、扉へ歩み寄った。

近づくと、大きなくりくりとした青い瞳と目が合う。

――子ども……？

どこから迷い込んだのだろうと思い、扉を開けてやると、廊下に立っていたのは四、五歳くらいの少年だった。

金色の、輝く巻き毛に、こぼれ落ちそうなくらい大きなブルーアイ。

まさに絵に描いたような美少年が、その小さな手に花束を持ち、恥ずかしいのかもじもじしている。

「こんにちは、お名前は？」

「……ぼく、ラウル」

そう答えると、ラウルと名乗った少年は花束を璃生に差し出してきた。

「え、私にくれるの？」

「うん、きらのみこさまにあげたくて、けさおにわでつんできたの」

受け取った小さな花束は、いかにも素朴な野の花を手で摘んだものだった。

「すごく嬉しい。ありがとう」

中へどうぞと誘うと、ラウルは少しためらった後に入ってくる。

そして、ふよふよと羽ばたいていたパンドラを見つけると、瞳を輝かせて駆け寄った。

「わぁ、かわいいね。こんにちは！」

「その子はパンドラっていうんだよ」

「よろしくね、パンドラ」

ラウルは動物好きらしく、手のひらにちょこんと舞い降りたパンドラの頭を小さな指先で撫でている。

「私は……」

「しってるよ。リオさまでしょ？」

「私のこと、知ってるの？」

「うん、ぎしきのときに、おへやのまどからみてたんだ。おみみが、とってもかわいかった」

あの時のバニーメイド姿を見られていたのかと思うと、恥ずかしさで地面に穴を掘って埋まりたい気分になる。

「ご、ごめんね。教育に悪いもの見せちゃって……」

「どうして？　かわいかったよ？」

意味がわからないのか、ラウルは愛らしく小首を傾げている。

「レオおじさま、すてきでしょ？」

「え……おじ様？」

ということは、この子はレオンハルトの甥っ子なのか？

レオンハルトは燃えるような赤髪で、ラウルは金髪と容姿も似ていないので、言われるまで気づかなかった。

と、その時。

廊下から「ラウル様～」と侍女達が口々に呼ぶ声がかすかに聞こえてきた。

「あ、いっけない！　こっそりきたからもどらなきゃ」

うんしょ、と座っていた椅子から降りたラウルは、タッと走って扉を開け、最後に璃生を振り返る。

「またあそびにきてもいい？」

「ええ、もちろん。いつでも来てね」

そう答えると、ラウルは嬉しそうににっこりし、駆け出していった。

「王様の甥っ子が、あんなに可愛いなんて、嘘だろ～」

「はぁはぁ、噂に聞いていた、ラウル様ですね。若くして亡くなられた、先王の忘れ形見ですよ」

と、パンドラが侍女達から仕入れた情報を得意げに披露してくれる。

パンドラの解説によると、先王レイフはレオンハルトの年の離れた異母兄だが、父王が逝去後、王位についてから、約十年。

とある公務に家族で出かけた先の崖崩れに馬車が巻き込まれ、王妃と子ども達二人ともども亡くなってしまったのだという。

　幸い、末弟のラウルはまだ赤ん坊だったため王宮に残っていたので無事だったらしい。

　父王と兄、それに甥っ子達を立て続けに失ったレオンハルトが急遽王座について、まだたった四年ほどのようだ。

「……知らなかった。王様って家族をたくさん亡くしてるんだね」

　親との縁が薄く、身寄りがない自分の寂しさとつい重ねてしまい、璃生は珍しくしんみりしてしまう。

「レオンハルト陛下のお母上もお若くして病で亡くなられたらしいので、今のご家族はラウル様だけなんですって。レオンハルト陛下はラウル様を、とても可愛がってらっしゃるみたいですよ」

　パンドラが言うには、兄のレイフは若くして王座につきながらも父王より有能な外交手腕を見せ、国民から尊敬を受けていた魅力的な人物だったらしい。

「そのお方の後ですから、レオンハルト陛下もずいぶんとやりにくいんじゃないでしょうかねぇ。侍女の噂話によると、臣下達の間ではすぐにでもレイフ様の血を引くラウル様を王座に、なんてきな臭い企てもあるらしいですよ」

「マジで？　俗に言う、骨肉の王位争いってやつ？」

　あの年齢のラウルにそんな意志があるとは思えないので、自らの欲望で幼い少年を食い物にしようとする輩がいるということなのだろう。

「やっぱどこの国にも、あるんだなぁ、そういうの」

ラウルがくれた花を花瓶に生けて見つめ、璃生は自分にできることがあったら、あの少年のためになにかしてやりたいと思った。


それから、ラウルは璃生のことが気になるのか、ちょこちょこ部屋を覗きに来るようになった。

どうやらラウルは恥ずかしがり屋さんだが行動力はあるらしく、目を離すとすぐどこかへ行ってしまうと侍女や乳母達が手を焼いているらしい。

なので、璃生はラウルが自分のところへ来ている時は連絡するようにしたため、ゆっくり遊べるようになった。

璃生も大歓迎し、二人で絞りたてのジュースを飲んだり、王宮の庭で遊んだりして過ごす。

すると、ラウルが「ぼくのおへや、みる?」と誘ってくれた。

「え、いいの?」

うんと頷き、ラウルは璃生の手を引いて案内してくれる。

「おとなりはレオおじさまのおへやなんだよ。ぼく、ひとりでねんねできるんだけど、レオおじさまがさびしがるから、ときどきおとまりにいってあげるの」

「へぇ、そうなんだ」

あのレオンハルトが、この愛らしい子と一緒に眠っているところを想像すると、微笑ましい。

ラウルの部屋はいかにも子ども部屋らしくまとめられていて、たくさんのぬいぐるみが飾られていた。

それらも、レオンハルトが土産だと、あちこちで買い集めてきたものらしい。

「わぁ、可愛いお部屋だね。ぬいぐるみがたくさん！」

「いいでしょ？」

見ると、かなり巨大な、熊に似ている動物のぬいぐるみもあり、ラウルの許可を得て持ち上げてみると、璃生より少し小さいくらいの大きさだ。

抱きつくと肌触りがよく、柔らかくて気持ちがいい。

思う存分モフモフした後、ラウルといろいろ話をする。

「ラウルは王様のことが大好きなんだね」

「うん！　パパもママも、きょうだいも、ぼくが赤ちゃんのころにみんなしんじゃって、ひとりになっちゃったんだけど、レオおじさまがいてくれるからさびしくないの」

「そっか、よかったね」

ラウルの表情を見れば、レオンハルトがどれほどこの子に深い愛情を注いでいるかがよくわかった。

「リオは、レオおじさまとなかよし？」

「……え？」

「レオおじさまね、まえのきらのみこさまのこと、すごくそんけいしてたんだって。だからリオともなかよくしてほしいなっておもって」

「だ、大丈夫だよ。王様とはとっても仲良しだから」

「ほんとに？　よかったぁ」

ラウルに無邪気な笑顔を向けられ、璃生はチクチクと良心が痛む。

――この嘘を本当にすれば、いいんだよな。今からだって遅くない。王様と仲良くなればいいんじゃん！

可愛いラウルのために、そう前向きに考えることにした璃生だった。


それから。

毎朝のお告げの儀式は続いたが、驚いたことになかなかの的中率らしい。

「昨日の幸運の品である青の陶磁器は、まさに吉兆でした。おかげで隣国との輸入貿易交渉はこちらに有利な条件で協定が締結できたそうです。さすがはリオ様です」

「そ、そう？　それはよかったです……」

正直、アプリの占いなど大して当たらないだろうと思っていたのだが、予想外にサイラス達に絶賛され、璃生は逆に困惑してしまう。

これもメリスガルドの力なのだろうか？

「ふん、今までは、たまたま偶然が重なっただけかもしれぬではないか」

玉座に座ったレオンハルトが嫌みったらしく言って、高々とその長い足を組む。

「それよりそなた、最近ラウルの部屋に出入りしていると聞いたぞ。あの子に妙なことを教えるなよ。教育に悪い」

「……」

「で？　今日のお告げはどうした？」

相変わらず自分にだけ態度が横柄なので、カチンときた璃生はアプリを立ち上げる。

――いかんいかん、ラウルと約束したじゃんか。王様とは仲良く……できるか！

あっちがいつもケンカ売ってくるんだもんね、と璃生は責任転嫁する。

今日のレオンハルトのラッキーアイテムは、ぬいぐるみと出た。

――ぬいぐるみか……。

ふと、先日ラウルの部屋で見かけた巨大ぬいぐるみが脳裏によみがえる。

そこで悪戯心が芽生え、璃生は厳かに告げた。

「今日のお告げは、ぬいぐるみが幸運をもたらす品と出ました。ラウルの部屋にある、あの一番大きなぬいぐるみです。あれを今日一日は肌身離さず、大切に抱えて持ち歩くようにとの、メリスガルド様からのありがた～いお言葉です」

「……ぬいぐるみ……あれをか？」

「はい、ラウル様に借りてきてくださいね」

と、にっこりしてやる。

「……」

その日、王宮では巨大なぬいぐるみを小脇に抱え、渋面で歩くレオンハルトの姿が見られたと侍女達の間で話題になったのだとか。

ちなみにその甲斐あって、きちんと幸運はもたらされたらしいので、璃生は少しだけ溜飲を下げたのだった。

◇　◇　◇

「なぁ、パンドラ。俺以外にこっちに召還された煌の巫女って、ほかの区域にもいるんだろ？　なんとかして会えないかな？」

自分と同じ境遇の者と会って情報交換できれば、元の世界へ戻る方法がなにか見つかるかもしれない。

そう考えたのだが。

「えっとですね、メリスガルド様は五つの種族にそれぞれ最低一人は煌の巫女を召喚してらっしゃるって前提にはなってるんですが、その頻度も場所もかなりアバウトでして。一つの区域に複数人が召喚されることもあれば、何十年も召喚されないこともあったりするのでなんとも言えないですぅ」

「マジで？　ほんとにアバウトだね、メリスガルド様」

「だから煌の巫女は貴重で、奪い合いなんですよぅ。あんまりモメるので、魔方陣が出現した領土の国に所有権があるっていう掟ができたんですけどね」

さらにこの大陸は広大らしいので、別区域の煌の巫女を捜し出すのはかなり難しそうだ。

あれこれ情報収集を怠らない璃生だったが、依然として元の世界へ戻る手がかりは見つからない。

落胆しながら、璃生は王宮の回廊を進み、神殿へ向かった。

驚いたことに、煌の巫女には祈禱するための専用の神殿が用意されているのだ。

王宮とは続き回廊になっているが、中庭に独立して建てられているその神殿は荘厳な造りで、いかにこの世界で煌の巫女が珍重されているかを物語っている。

「うう……っ、この神殿見たら、ますます罪悪感に押し潰されそうだよ」

祈りの名目で神殿に籠もる時は一人きりになれるので、璃生はパンドラ相手に愚痴をこぼす。

「ほんの少～し手違いはありましたけど、璃生様は別に偽物じゃないですよぅ。ただ、転生し損ねて男の身体のままだってことくらいで」

「いやいや、それ充分過ぎる手違いだよね⁉」

パンドラ的には、チート過ぎるスマホのおかげで予言はできるのだから、大したことではないと考えているらしいが、この先ずっと性別を偽って生活しなければならない璃生にとっては大問題である。

ダメモトでメリスガルド神に祈りを捧げ、巫女召喚のやり直しを要求してみたが、パンドラ曰く『完全スルー』されているようだ。

「こうなったら、ここで祈禱してるふりをしてる間に抜け出して、元の世界に戻るための方法を探さなきゃ……」

そうぼそりと、独り言を呟くと。

「ダメですよぅ、璃生様はまだレオンハルト陛下の信用を勝ち得たワケではないんですから。今の状態でヘタな動きをしたら、それこそスパイ容疑で地下牢行きになっちゃいますよ？」

「う～～」

確かにパンドラの言い分にも一理あるだけに、ぐうの音も出ない。

「お願いですから、無茶な真似しないでくださいね！　璃生様、突拍子もないことするのでお守りが大変ですぅ」

「悪かったな」

パンドラの言う通り、どう考えたって自分は神聖な煌の巫女なんてガラではないのだ。

無茶ぶりにもホドがあるよ、と璃生はむくれる。

「とにかく！　確実にレオンハルト陛下の信頼を得られるまでは、大人しく巫女の仕事に専念してくださいね？」

「……わかった」

パンドラに釘を刺され、璃生は渋々了承するしかない。

「……気分転換に、お風呂入ろっと」

神殿には煌の巫女専用の沐浴場（もくよくじょう）も用意されているので、裸体を人に見せられない璃生にとっては安心して服を脱げる。

この世界では電気や石油がない代わりに、唯一のエネルギー源である魔石があるので、ランプに灯りも点（とも）せるし風呂も沸かせる。

この大陸は水資源も豊富なので、平民ですら毎日入浴する習慣のようだ。

これは綺麗好きな璃生にとって、なによりありがたかった。

一人なので豪快に巫女服を脱ぎ捨て、全裸になって巨大な浴槽に浸かる。

「はぁ～極楽極楽……」

厳密にいえば斎戒沐浴(さいかいもくよく)は水で身体を清めるらしいが、沐浴場には魔石で温度調節されたお湯が通っているので今日はゆっくり風呂に浸かることにした。

「そしたら、まずは王様に煌の巫女として認めてもらわなきゃだよな」

それにはいったい、なにをすればいいのだろうか？

風呂上がりでさっぱりした璃生は、スマホでシルスレイナ王国のニューストピックを検索する。

ほんとこれ、どういうシステムになってんだろうと感心しつつ読み進めていくと、王国南部にある小都市マルカドで大雨が丸三日続き、マール河の増水が原因で堤防が決壊し、甚大な被害がもたらされた旨が記載されていた。

「これって街の人達、気の毒だね……。ちゃんとした堤防があったら、河も決壊しなくて済んだってことだよね？」

「まぁ、そういうことになりますねぇ」

まずは早急な対策が必要そうなこの案件から着手してみよう、と璃生は考えた。

「なんだと？　マルカドへ行きたい？」

朝のお告げの儀式の後、レオンハルトを捕まえてさっそくそう申し出ると、彼の眉間には再び深い縦皺が出現する。

「なぜだ？」

「こないだマール河が氾濫して、大災害が起きたばかりですよね？　ちゃんとした位置に堤防を造ったら、もう水害に悩まずに済むと思うんです」

璃生がそう答えると、レオンハルトはますます胡散臭げな表情になった。

「この世界に召喚されたばかりだというのに、なぜそなたがそのことを知っている？　それも煌の巫女の力なのか？」

「へ？　あ、そうです！　メリスガルド様からのお告げで、教えていただいたんですよ。ははは」

笑って誤魔化すと、レオンハルトには「確かに予言の力はあるようだが、そなたの言動はどうにも軽過ぎて、今一つ信頼できんな」とため息をつかれてしまった。

「ま、まぁ私が役に立つか立たないか、実力を試してみるいい機会じゃないですか？」

「そんなことを言って、旅の途中で逃げ出そうなどと考えているのではあるまいな？」

図星を刺され、内心ぎくりとするが、「そ、そんなこと考えもしなかったです！　やだなぁ、人聞きの悪いこと言わないでくださいね！」と惚けておくことにする。

「無茶を言うな。煌の巫女は滅多なことでは王宮の外へ出ることはない。その身になにかあれば、国の存亡に関わるからな」

「なら、男装していきますよ。王様の小姓とかって設定なら、いいでしょ？」

ことなげにそう言い放った璃生を、レオンハルトは未知の生物でも見るような目で眺める。

「本気か……？」

「ええ、実際現地に行ってみないとわからないことってありますから。少しでもマルカドの人達の助けになれれば」

「い、いけません、リオ様。危険過ぎます！　我が王国に黒髪の者は少ないので目立ちますし……」

「なら、フードも被って髪も見せないように気をつけるから」

「ですが……」

あきらめない璃生を説得するために、サイラスが続けようとするのを、レオンハルトが制する。

「よかろう。ただし、視察中は私のそばから片時も離れぬという条件つきでなら、だ」

「え～～」

「え～～、とはなんだ。その不服そうな顔は！　失敬な」

「も～、わかりましたよ。じゃ、それでいいんで」

「……どこまでも不敬な奴だなっ」

こうしてすったもんだの末、どうにか璃生は視察の許可を得て王宮を出立する。

馬車を飛ばして、マルカドの街までは丸三日ほどかかった。

「……今まで馬車に乗ったことがなかったんで知らなかったんですけど、めっちゃお尻痛くなるんですね」

身の安全のためにと、璃生はサイラスが用意してくれた貴族の小姓の衣装に身を包み、この王国では目立つ黒髪を隠すために目深にフードを被っている。

その肩にはパンドラが、ちょこんと乗っていたが、馬車の揺れで落ちそうになり、璃生の手でキャッチされた。

久しぶりに男の姿に戻れて、璃生はついテンションが高くなる。

「痛くて、お尻が二つに割れそう……ってか、もう割れてるか。あはは」

璃生が軽いジョークを飛ばすと、馬車内に同乗していたレオンハルトとサイラスが凍りつく。

「リ、リオ様、煌の巫女様が、そのようなはしたないことをおっしゃってはいけません！」

「すいません、このカタ～い雰囲気を解そうかと思って」

と、璃生はちらりとレオンハルトへ視線をやる。

「そんなに不機嫌そうな顔するなら、私とは別の馬車に乗ればいいでしょ～？」

「それでは目が行き届かぬではないか。一瞬たりとも目を離すと、なにをしでかすかわからぬからな、そなたは」

「はぁ？」

「リ、リオ様っ」

相変わらず感じの悪いレオンハルトに、璃生がメンチを切っていると、サイラスが止めに入る。

「先だってのぬいぐるみの件だが、別にあの大きさでなくとも効果はあったのではないか？」

どうやら、レオンハルトはそれを根に持っているらしい。

「は？　っていうとなんですか？　メリスガルド様のお告げを疑うんですか？」

「お、お二人とも、穏便に～～～！」

険悪な二人の間に挟まれ、この三日間一番胃が痛い思いをしているのはサイラスだろう。

それに気づくと、璃生は少し反省して大人しくする。

――はぁ……王様がお目付役なんて、窮屈だなぁ。

内心そう腐るが、まず煌の巫女として認めてもらうためにはやむを得ない。

だがレオンハルトがムカつくので、腹いせに隙を見て逃亡してやろうか。

いや、でも食料や路銀もなに一つ持たない身では、さすがに無謀過ぎるだろうか。

そんなことをつらつらと考えているうちに、馬車はようやくマルカドへと到着する。

マルカドは王都から南に離れた辺境都市で、周囲は豊かな自然に恵まれている。

主な産業は農業と酪農なので、水害の多発は住民達にとって死活問題だろう。

レオンハルト一行を出迎えたのは、仰々しい正装をした街の領主と有力者達だ。

「これは遠路遙々、ようこそおいでくださいました、陛下」

「陛下をお迎えできて、光栄至極に存じます」

続いて延々と有力者達の挨拶が始まりそうなところを、レオンハルトが右手を上げて制す。

「今回は完全に非公式の視察だ。堅苦しい挨拶はそのくらいにして、まずは被害に遭った地区を回りたい。詳しい者を案内につけてくれ」

「か、畏まりました!」

レオンハルトの無駄のない指示に、街の人々はバタバタと準備に駆け回る。

「初めまして、この街の測量士長を務めております」

レオンハルト達を案内するのは、初老の地図編纂師と測量士数人、その中の一番若手だったウィルという青年が世話係のようだ。

彼らに案内され、一行はマール河流域を視察した。

「すみません、ウィルさん。地図を見せてもらえますか?」

「は、はい、こちらです」

差し出されたこのマルカドの街の地図は、ウィル達職人が実際に足で回り、計測して作成したものらしい。

都合上やむを得ないので、彼らにだけには璃生が煌の巫女だということを極秘で明かし、メリスガルドからの神託を受けるという名目で天幕を張ってもらう。

一人にしてほしいと頼み、璃生はさっそくスマホの地図とその手製の地図を照らし合わせてみた。

すると、所々に多少のずれが発見できたので、慎重に地図を写し取る。

「ううん……やっぱり地図のずれが影響してて、ここの堤防の強度がネックみたいだけど、俺、土木とかまったく知識ないしなぁ」

そうぼやくと、璃生の肩に止まっていたパンドラが言う。

「この端末はメリスガルド様と繋がっていて、いわば疑似ＡＩみたいなものなので、質問すると最適な答えをくれますよ」

「え、マジで⁉　そんな万能なの⁉　すごいな、メリスガルド様！」

「ちなみに都合が悪かったり、わからなかった時にはいつも通り完全スルーです」

「わかりやすいね」

使い方を教わって、璃生はスマホに向かって話しかけてみる。

「教えてください、メリスガルド様！　マルカドの街の水害を防ぐ方法を！」

すると。

『現在の堤防に抑え盛り土を南西方向の下流にまで延長施工し、高さも補強。遊水池を……』

と、機械のような音声で淡々と回答をくれたので、璃生は急いでそれを書き留める。

「すごい！　あ、そしたらもう一つ教えてください、メリスガルド様！　俺が元の世界に戻れる方法を！」

ドキドキしながら答えを待つが、みごとに沈黙だったので、璃生は落胆した。

「やっぱりね……そんなことじゃないかと思ったよ……」

「ま、まぁ、そうお気を落とさずに。さっそく皆さんに報告しましょ。ね？」

パンドラに宥められ、璃生はしおしおと天幕を出る。

「あの、地図の一部に実際と違う箇所があったんで、修正していただいていいですか？　それで、こういう構造の堤防をこの辺りまで延長して、ここの高さを……」

と、璃生は実際に地図を参照しながら土木技師達に説明する。

璃生はこの世界の文字が読めないので、そこはウィルに手伝ってもらった。

「……後は、この二ヶ所に遊水池を造れば、次の水害は防げるみたいです。……って、メリスガルド神がおっしゃってました」

「おお、まことですか！　さっそく現地調査に向かいます」

「さすが煌の巫女様、すごいです……！」

と、年若いウィルには憧れと尊敬の眼差しで見つめられてしまう。

「あ、私も一緒に行きます」

「ですが、途中馬でないと通れない難所がありまして。馬車では行かれないのですが」

「う……それは困ったかも」

一人では馬に乗れない璃生は、どうしたものかと思案するが。

「よい、この者は私が馬に乗せよう」

と、それまで沈黙を貫いていたレオンハルトが、ようやく口を開く。

「そ、そんな、いいですよっ」

「なにを遠慮することがある？　そなたは私の『小姓』ではないか」

と、人の悪い笑みを見せる。

「なにせ、ほかの者は畏れ多くて、巫女の身には触れられぬのだからな。なに、私は手袋をつけているので大丈夫だ」

——くそっ、完全に俺のことからかってるな！

ムカつきはしたものの、確かに彼の言う通りだったので、璃生は渋々彼の馬に乗せてもらうことになってしまった。

人生初乗馬だが、どうやって乗るのかすらわからない。

すると、先に騎乗したレオンハルトが、鐙に足をかけろと教えてくれ、力強い腕で引き上げてくれた。

「ひゃあ!!」

なんとかレオンハルトの後ろに跨がるが、想像していたよりもずっと高くて怖い。

思わず璃生も手袋をつけた両手でぎゅっとレオンハルトの胴にしがみついてしまうと、彼が緊張するのが筋肉の動きで伝わってきた。

「あ、すみません……」

「……よい。振り落とされぬよう、そうしてしっかり掴まっていろ」

「はい、うわっ……！」

馬が歩き出すと揺れるので、璃生はますますレオンハルトにしがみついてしまう。

「ごめんなさい、くっついちゃって……」

「……問題ない」

「は、はい。わ……っ！」

馬が走り出すと、璃生は必死にレオンハルトに抱きついてしまった。

ウィルの言う通り、現場までの道程は細く、ゴツゴツとした岩場もあったので、馬でも慎重に進まねばならない。

が、レオンハルトは璃生を乗せているにもかかわらず、みごとな手綱さばきで軽々と難所を攻略していく。

その乗馬技術の高さに、マルカドの住民達も憧れの眼差しで見とれている。

――へぇ、王様ってすごい皆に尊敬されてるんだなぁ。

璃生にとってはひたすら感じの悪いレオンハルトだが、国王としての責務はきっちり果たしているのだなと感心する。

こうしてようやく現地に到着すると、さっそく測量士達が再計測を始めた。

すると、やはり元の地図よりも璃生が手直しした修正後の方が正確だったと判明する。

「おおっ、さすがは煌の巫女様だ！」

「かよわい女性の身でありながら、陛下をお助けするために男装までなさって、こんな辺境の地へいらしてくださったなんて、素晴らしいです！」

と、ウィルに至っては純真無垢な瞳でその場で拝みかねない勢いだったので、王宮から脱出し、あわよくば逃亡しようなどとちらりと考えてしまった璃生は、いたく罪悪感を刺激される。

「い、いやぁ、そんなこともないですよ。ははは……」

良心が痛むので、この仕事はきっちりやり遂げようと決意する。

璃生の地図が正確だったことが証明されたので、さっそく専門業者達が集まって堤防を補強及び嵩上げのための突貫工事が始まった。

翌日は細かいアドバイスを求められ、それもメリスガルドの指示通りに答える。

その計画をレオンハルトも承認し、作業は急ピッチで進められた。

これで水害が防げるかは次の大雨にならないとわからないが、璃生には確信があった。

マルカドの人々は作業に気を取られているので、璃生も工事の采配をしながら後方から見守る。

指示し終えると、とりあえずこれで自分の役目は終わったので、璃生はふと、「あれ、今ってどさくさに紛れて逃げられるんじゃね？」と気づく。

このまま煌の巫女として認められるように王宮で頑張るか、一か八かで後先考えず逃げてみるか。

悩みながらもとりあえず、誰も自分に注目していない間に、こっそり抜け出してみようかなと後じさってみると、

「どこへ行く？」

背後から聞き覚えのある美声に呼び止められ、ぎくりとした。

恐る恐る振り返ると、案の定マントを羽織ったレオンハルトが腕組みして立ちはだかっている。

「どこって、え～っと……」

返事に困った璃生が周囲を見回すと、近くの木影から可愛らしい兎によく似た生き物がこちらを

見ているのに気づいた。

「わ、可愛い！　ほら、あの動物を撫でさせてもらおうと思ってたんですよ！」

これ幸いにそう言い訳し、その小動物に触れようと手を伸ばす。

すると。

「危ない……！」

いきなり腕を摑まれ、抱き寄せられてしまう。

「え……？」

驚いて硬直していると、小動物がジャンプし、鋭い牙を剝き出しにして嚙みつこうとしてきた。

が、間一髪、レオンハルトが引き寄せてくれたおかげで危ういところで躱すと、小動物はそのまま逃げてしまう。

「愛らしい外見にそぐわず、あれの牙には毒がある。嚙まれたら厄介だったぞ」

「そ、そうなんだ……知らなかった」

あんな可愛らしい小動物が、とまだショックで毒気を抜かれてしまい、思わずレオンハルトの胸にしがみついていたことにようやく気づく。

「あ、ごめんなさい……っ」

「……いや」

慌てて身体を離すと、レオンハルトも気まずげに解放してくれる。

「私こそ、咄嗟のこととはいえ、煌の巫女の身体に触れてしまった。許せ」

言われてようやく、自身がそうした神聖な存在として扱われていたことを思い出す。

「そ、そんなの、誰も見てないから大丈夫ですよっ。それにほら、私も王様も、いつも手袋つけてるから直接じゃないし！」

と、璃生は照れ隠しのために焦って弁明してしまう。

「……そうだな」

「でも、確かに無防備でしたよね。反省してます……」

こんな状態で一人徒歩で逃亡するなんて、やはり無理ゲー過ぎる。

実行に移す前にレオンハルトに見つかって、むしろよかったのかもしれないと璃生が少々へこんでいると、彼は気遣うように声をかけてきた。

「大丈夫か？」

「ええ。……なんか私、まだまだこの世界のこと、なにも知らないんだなって思って」

スマホでいろいろ調べてはいるものの、今まで生きてきた世界とは常識も風習もなにもかもが違うこの異世界のことを把握するのは難しい。

するとレオンハルトが、「なにを当たり前のことを悩んでいるのだ。そなたらしくもない」とこともなげに一蹴してきた。

「え……？」

「そなたはこの世界にやってきたばかりなのだ。なにも知らないのは当然のことであろう。なぜ悩む必要がある？　知らないことは、これから学んでいけばいいだけだ」

「王様……」

「しかし、そなたでもしおらしく悩むことがあるのだな」

「あ、当たり前でしょ。人のこと、なんだと思ってたんですか！」

璃生がむくれると、レオンハルトは声を上げて快活に笑う。

そんな彼は、いかにも堂々として王者の風格を漂わせており、やっぱりこんなんでも王様は王様なんだなぁ、などと妙なところに感心してしまった璃生である。

結局逃亡はできなかったものの、レオンハルトのことはちょっとだけいいとこあるじゃん、などと少し見直す。

そんなこんなで、わずか一日半ほどの滞在だったが、レオンハルトは公務が山積みなので早々に王宮へとんぼ返りすることになった。

最後に、レオンハルトは現場で活躍してくれたウィルに声をかける。

「そなた、なかなか見所がある。王都でその技術を研(みが)く気があるなら、王宮を訪ねてくるがよい」

「は、はい、喜んで！」

レオンハルトに認められたのがよほど嬉しいのか、ウィルは頰を紅潮させている。

彼と目が合ったので、璃生も『よかったね！』と親指を立てて見せると、ウィルは照れたように笑った。

ウィル達に盛大に見送られながら、璃生達を乗せた馬車は帰途に着く。

——はぁ……結局逃亡はできなかったけど、まぁしょうがないか。

右も左もわからぬこの異世界で、いくらチート機能満載のスマホがあるとはいえ、金も食料もない身の上では、さすがに無謀過ぎることくらいは璃生にもわかっていた。

今しばらくは煌の巫女として働きつつ、王宮で暮らすしかないようだ。

「街の皆さんが、とても感謝しておられましたよ。これで水害が治まったらようございますね」

今回の視察をきっかけにレオンハルトと璃生が友好的になればいい、とサイラスは望んでいるようだったが、レオンハルトはじろりと向かいの席の璃生を睥睨する。

「ぬいぐるみ、やっぱり一番大きなものでなくてもよかったのではないか？　白状せよ」

「王様も根に持ちますねぇ。被害妄想が激しくて困りますわ。ほほほ」

と、あくまで朗らかに笑って誤魔化す璃生だった。


視察旅行から戻ると、ラウルが寂しがっていたと聞いて、璃生はさっそくラウルの部屋に遊びに行った。

「ねぇねぇ、リオ。ごほんよんでくれる？」

と、ラウルは何冊か絵本を抱えている。

「いいよ」

深く考えず快諾した璃生は、おいでとラウルを自分の膝の上に座らせて絵本を開く。

そして、絶句した。

「あ……読めない……」

そうだった。

言語翻訳機能は付与されていたので言葉での苦労はまったくなかったのだが、書物や紙に書かれた文字にはその効果はないらしく、璃生にはこの世界の文字がまったく読めなかったのだ。

「ごめん……私、この国の文字、読めないの」

「そうなんだ」

ラウルは少しがっかりしたようだったが、すぐにいいことを思いついた様子で瞳を輝かせる。

「そしたら、ぼくがリオにじをおしえてあげる！　えほんもよんであげるよ」

「え、ほんとに？」

「うん！　えっとね、このじはね～」

と、ラウルは小さな指で文字を指し示し、読んでくれる。

「ありがとう、ラウル。すっごく嬉しい！」

少年の優しさが嬉しくて、璃生はぎゅっと抱きしめて頬擦りする。

「もっとぎゅってして～！」

「こう？」

「きゃはは！」

二人でじゃれ合ってはしゃいでいると、部屋の扉がノックされ、侍女のルナが顔を覗かせる。

「失礼いたします。あ、あの……陛下がお見えですっ」

「え……？」

璃生が返事をするより先に、レオンハルトが室内へ入ってくる。

そして、抱き合っている璃生とラウルを見て、また眉間に皺を寄せた。

「ラウル」

「あ、レオおじさまだ！」

ラウルはぱぁっと顔を輝かせて駆け出し、レオンハルトの長い足に抱きつく。

するとレオンハルトも表情を緩め、ラウルを軽々と抱き上げた。

「よい子にしていたか？　ラウル」

「うん！」

——へぇ、甥っ子相手なら、こんなに柔らかい表情できるんだ。

その光景を見ただけで、彼がどれほどラウルを可愛がっているのかがよく伝わってきた。

ラウルを片腕で抱くと、レオンハルトは璃生を睥睨(へいげい)する。

「なぜ、こんなところにいる？」

「えっとね、リオはじがよめないんだって。だからぼくがおしえてあげるって、やくそくしたの！」

と、ラウルが一生懸命説明してくれる。

「そうだ！　ぼくのおべんきょうのせんせいに、いっしょにおしえてもらおうよ！　ね、いいでしょ？　レオおじさま」

キラキラと期待に満ちた眼差しで見つめられ、レオンハルトはちらりと璃生を見る。

「そうだったな。言葉は通じるが、字は読めないのか？」

視察中、地図の文字が読めずウィルに読んでもらっていたのを見られていたようだ。

「そうみたいです。エレノア様は読めたんですよね？　出来損ないの巫女ですみませんね」

先手を打ってそう皮肉ってやる。

「……なんだと？」

いつものごとく、二人の間に不穏な空気が漂った、その時。

レオンハルトに抱っこされ、二人の間に挟まれていたラウルが、「おうさまと、きらのみこさまはなかよくしないとダメなんだよ！」と叫んだ。

「ラウル……」

幼い少年に諭されてしまい、璃生とレオンハルトはバツが悪そうにうつむく。

すると、レオンハルトがラウルを床に下ろし、ぼそりと呟いた。

「……その……悪かったな」

「……え？」

「前任者となにかと比較されるのは不本意だったであろう。その点については無神経な発言だったと謝罪しよう」

思いがけずレオンハルトが折れてきたので、璃生は驚いて大きな瞳を瞬かせる。

――へぇ、王様、横暴なだけかと思ったら、自分の非を素直に認められるなんて器の大きいとこもあるじゃんか。

と、少し嬉しくなった。

「ま、まぁ私もいろいろ言い過ぎたとこあるんで、お互いさまってことで！」

「リオ……」

「私、出来損ないの自覚あるので、王様がカリカリするのわかるんですけど、こうなった以上はできるだけの努力はするつもりなので、まぁあきれず付き合ってやってください」

それは決して上っ面だけの言葉ではなく、本心だった。

マルカドでの経験が、璃生にこの世界で人々の役に立ちたいという気持ちを芽生えさせたのかもしれない。

にっこりして右手を差し出すと、レオンハルトは少し困惑した様子を見せる。

「あ、握手とか不敬でした？」

「……いや、そなたの身体に触れるのは……」

と目線を逸らして言われ、ようやく思い出す。

「あ、そうでしたそうでした！　すみません、忘れてくださいっ」

ついうっかり自分の置かれた立場を忘れてしまい、璃生は反省した。

「……やはり、そなたはかなり風変わりな巫女だな。まるで活発な少年のようだ」

鋭い指摘に、内心ぎくりとする。

「そ、そうですか？　やだなぁ、私、歴とした女子ですよ？　ほほほ！」

慌てて甲高い作り笑いで誤魔化して、強引に乗り切った。

すると、それを聞いていたラウルが小さな両手を叩いてはしゃぐ。

「わぁ！　レオおじさまとリオ、なかよしになったね。ぼくもうれしい！」

「そうか、よかったな」

レオンハルトは、ラウルの頭を撫でてやる。

「ラウルの家庭教師には話を通しておく。よかったら文字の勉強を一緒にするといい」

「いいんですか？」

「むろんだ。式典で書類を読む機会もあるし、今後も文字が読めた方がなにかと便利だからな」

「ありがとうございます」

二人の時間を邪魔したくなかったので、璃生はラウルの部屋から退室しかけ、レオンハルトを振り返る。

「あ、それから王様のご指摘、正しかったことを白状します」

「？　なんの話だ？」

「ぬいぐるみ、大きさはどれでもいいんでした。特大サイズにしたのは、ただの嫌がらせです」

そう告げると、璃生は急いで扉を閉め、レオンハルトが追ってこないうちに一目散に廊下を走って逃げたのだった。

こうして、璃生はラウルと一緒に文字の勉強をさせてもらえることになった。

ラウルの専属家庭教師は三十代くらいの男性だったが、子どもを楽しませながら勉強させる術を心得ていて、木製の手作り文字盤を使って言葉遊びなどのゲームにして教えてくれる。

幼児と同レベルなのが情けなかったが、この世界の文字はまったくチンプンカンプンな璃生にとっては実にありがたかった。

毎日、真面目に授業を聞いて勉強していると、だんだんと読める文字が増えていくのも嬉しい。

最初はラウルに読んでもらうばかりだった絵本も、璃生も簡単なものなら読んであげられるようになった。

二人はすっかり仲良しになって、度々一緒に食事を摂るようになり、ラウルが絵本を抱えて夜泊まりに来ることもしばしばだった。


「きょうはリオに、ぼくのともだちをあわせてあげる！」

と、ラウルがもったいぶって胸を張る。

「わぁ、楽しみ！　どこにいるの？」

「こっちだよ」

ラウルに案内され、連れていかれたのは、王宮の外にある厩舎だった。

ここにはたくさんの馬達が一括管理されている。

その近くにある、特別に建てられた小屋の中に、ラウルの友達はいるという。

「ルゥルゥ！　おいで！」

ラウルがそう声をかけると、一声吠えて姿を現したのは、チワワによく似た動物だった。

いや、確かに外見はそっくりなのだが、その大きさは桁違いで、なんとポニーくらいはある。

「わ、大きいチワワだ！」

「チワワ？　このこはケルンっていうしゅぞくだよ？」

言われてよく見ると、なるほど額に小さな角が生えている。

なんでもラウルの説明によると、獣人族の暮らすジャングルではさまざまな動物が生息しており、国境を越えて売買されているのだという。

ルゥルゥは、ラウルが三歳の誕生日プレゼントとしてレオンハルトからの贈り物だったらしい。

「可愛いね」

こんにちは、と挨拶し、恐る恐る手を差し出してみると、ルゥルゥはそのつぶらな瞳でじっと璃生を見つめ、「まぁ、触らせてあげてもよくってよ」という調子で頭を差し出してきた。

その柔らかい毛並みを撫でてやると、気持ちよさそうに目を細めている。

「ルゥルゥ、すごくひとみしりなのに、リオのことはきにいったみたい！」

「それは光栄だわ。よろしくね、ルゥルゥ」

「ルゥルゥはぼくのこと、のせてくれるんだよ！」

そう言って、ラウルが壁にかかっていた轡を指差すと、ルゥルゥは心得たもので、自らそれをくわえて取ってきた。

お付きの侍女にそれと小さな鞍を装着してもらい、ラウルはよいしょ、とルゥルゥの背中に乗る。

「ラウル、いいなぁ。私も馬に乗れるようになりたいなぁ」

うらやましくて、思わず呟いてしまう。

こないだはレオンハルトの手を煩わせてしまったし、馬に乗れるようになれば行動範囲も広がり、逃げやすく……もとい、元の世界へ戻る手がかりを探しやすくなるかもしれない。

そう璃生は考える。

毎日巫女装束が窮屈で、運動不足だったし、サイラスに馬に乗れるようになりたいと相談してみると、指導してくれるというので、さっそく侍女に乗馬服を用意してもらった。

久しぶりに両足が自由に動かせる乗馬用タイツに革長靴姿になると、それだけでテンションが上がってくる。

「こちらの子は気性が大人しいので、初めての方にはいい相棒になると思います」

サイラスがそう言って王宮の厩舎から連れてきたのは、まだ若い栗毛の馬だった。

名はフェイと言うらしい。

「よろしくね、フェイ」

そっとたてがみを撫でてやると、フェイはまるで返事をするかのように一声嘶いた。

鐙に足を掛け、鞍の上に乗るのも最初は一苦労で、何度もやり直す。

ようやく乗れて周囲を見ると、やはり馬上はかなり高く感じられて少し怖い。

一人きりで乗ると、その心細さも倍増だ。

「わ……」

「私が手綱を持っておりますので、大丈夫ですよ」

始めはサイラスが手綱を持ち、彼を中心に円を描くように歩く練習をする。

しばらくすると、元々運動神経のよい璃生はすぐにコツを摑み、だんだん楽しくなってきた。

こちらも毎日熱心に特訓し、やがて馬の早駆けまでできるようになった。

嬉しくて、璃生は王宮内にある馬場を駆け回り、ついていくお付きのサイラスは必死だ。

「す、少しお待ちください、リオ様！　私は、実は乗馬が苦手なのですっ」

「へぇ、なんでもそつなくこなすサイラスにも弱点があったんですね」

手綱をさばきながら、璃生は笑って速度を落とす。

「いや、しかしあっという間に上達されましたね。この国ではあまり女性は馬に乗る習慣がないのですが、リオ様は運動神経がいいですし、なにより度胸があります」

「そ、そう？　ははは」

男だとバレそうになると、璃生は笑って誤魔化す。

そんな話をしながら、帰り道に王宮の見事な庭園へ差し掛かると一面に花畑が広がっていて、色とりどりの花々が咲き誇っていた。

「わぁ、綺麗！　王宮内にこんなところがあったんですね」

「こちらは王宮の裏側になりますので、あまり人も来ないんですよ」

「なんかもったいないですね、せっかくこんなに綺麗に咲いてるのに」

そこまで言ってから、璃生ははたと手を打った。

「そうだ！　ラウルにも見せてあげたいから、ここでピクニックするっていうのはどうですか？」

「それはよろしいですね。ラウル様もきっとお喜びになられると思いますよ」

そう話がまとまり、王宮に戻ると、璃生はさっそくラウルの部屋を訪れた。

「ラウル！　一緒にピクニックしようよ！　……って、あれ……？」

元気よく言いかけてから、璃生は室内にレオンハルトがいるのに気づき、顔をしかめる。

「げ、王様。いたんですか？」

レオンハルトは膝の上にラウルを乗せ、絵本を読んでやっていた。

「この私に、そこまで堂々と不敬な態度を取るのは、そなたくらいのものだ」

「だって私、王様の家来じゃないいんで」

ぬいぐるみの嫌がらせを白状した後、レオンハルトからはこってりと油を絞られたことをまだ根に持っている璃生は、ツンツンして言ってやる。

「そなた、最近馬に乗れるようになって、あちこち走り回っているようだな。まったくとんだじゃじゃ馬巫女もあったものだ」

「だ～か～ら！　エレノア様と比べるのやめてって、いつも言ってますよね!?　こないだ反省したっぽいこと言ってたくせに！」

「比較などしておらぬ。事実を述べたまでだ。そなたの被害妄想ではないか？」

「は??」

と、また二人がモメ始めたので、サイラスが慌てて割って入る。

「そ、そうだ！　陛下、リオ様がナダリアの庭園でラウル様とピクニックをしようとご計画されているのですが、よろしかったら陛下もいかがですか？」

「ピクニックだと……？」

それを聞き、レオンハルトがその秀麗な眉をひそめる。

「私は忙しいのだ。そんな遊びに付き合う暇はない。だが、行くなら護衛としてアルヴィン達近衛騎士団を連れていけ」

「え〜〜、そんなオオゴトにしたくないんですけど。王宮の敷地内ですよ？」

「ならん」

と、またモメていると、ラウルが瞳を輝かせる。

「わ、ピクニック？　おはなをみにいくの？」

「そうだよ。おいしいお弁当、私が腕によりをかけて作るね！」

「わ〜い、うれしいな！　リオのおべんとう！」

ラウルが大はしゃぎすると、それを聞いていたレオンハルトがこほん、と咳払いをする。

「……騎士団を連れていくのがいやならば、致し方ない。この私が付き添うのなら、護衛なしでも許可しよう」

「え？　でも王様忙しいんでしょ？　無理しなくていいですよ？」

悪気なくそう答えると、なぜかレオンハルトが沈黙する。

すると、サイラスに「リオ様、少しこちらへ……」と離れた場所へ誘導され、耳打ちされた。

「畏れながら、陛下はお二人とご一緒されたいのかと」

「え、そうなの？　わかりにくいなぁ。来たいなら素直にそう言えばいいのに」

「リ、リオ様っ、後生ですので、もう少し陛下にお優しくして差し上げてくださいっ」

と、サイラスに懇願されてしまったので、元の場所へ戻ると、璃生は「そしたら、護衛は騎士さん達によけいな仕事増やすと悪いんで、王様が付き合ってください」と棒読みで言った。

「しかたがないな、まったく」

いかにも渋々といった体のレオンハルトだが、どう見ても嬉しそうだ。

騎士には気を遣うが、王である自分には気を遣わない璃生のつれなさにも気づいた様子もない。

「わ～い、レオおじさまとリオとピクニック！」

こうして、初めてのピクニックにラウルを誘い、なにを作ってあげようかなと、璃生の心は既にお弁当のメニューに飛んでいた。

ピクニックの前の晩、璃生は念のため食材を確認しておこうと厨房へと向かう。

夕食とその後の片付けと清掃も終わり、ようやく王宮の厨房に静けさが戻ったところで、璃生は保存食の倉庫にある食材を眺めながら、紙にイラストを描き始める。

「璃生様、明日の準備をなさっているのですか?」

するとまだ残っていた料理長がそう声をかけてきた。

「ええ、ラウルの好物って、サンドイッチですよね?」

「はい、ラウル様は特に卵のサンドイッチがお好きですよ」

「ありがと、料理長。そしたらやっぱりメインはサンドイッチにしようかな」

「いいですね、ピクニック、楽しんでいらしてください」

ウキウキしながら、璃生は料理長を振り返る。

「私、いいこと思いついちゃったんです。キャラ弁作ろうと思って!」

「はて?　キャラ弁とはいったいなんでございますか?　リオ様」

「えっと……食材で顔を表現したりするんです。挽き肉とかハムとか使ってもいいですか?」

「もちろんです!　おっしゃっていただければ、なんなりとご用意いたしますよ!」

料理長の張り切りのおかげで食材は無事揃ったので、璃生は脳内に思い描いた構図に従い、さっそく明日の下ごしらえをしておくことにした。

そして、ピクニック当日。

璃生の弁当が完成するのを待って、レオンハルトとラウル、それに護衛としてサイラスとアルヴィンの五人で馬に乗って王宮を出発する。

とはいえ、宮廷奥にある庭園までは、馬で十分ほどの距離なのだが。

「なぜ貴様までいるのだ。護衛なら私一人で事足りるというのに」

サイラスにツンケンされても、アルヴィンはまったく応える様子もない。

「そう照れるな。レオンハルト様のお忍びには、俺が同行するって決めてるんだ。今日は楽しくやろうぜ！」

「まったく、花の美しさなど理解できぬ朴念仁のくせに……」

大人四人は馬で、ラウルはルゥルゥに乗っているのだが、幼児にしては堂々たる姿である。

二人のいつものどつき漫才を聞きながら、一行はラウルに合わせてゆっくりと馬を走らせた。

「わぁ、ちょうちょがとんでるよ！」

大好きな叔父達とのお出かけを、ラウルもご機嫌で楽しんでいる。

天気もよく、まさに絶好のピクニック日和で、璃生もウキウキしてきた。

ラウルとルゥルゥの速度に合わせ、ぶらぶらと王宮内の庭園を散策しながら鑑賞した後は、眺めのいい場所に敷き布を広げる。

花々はとても綺麗で、その香りに誘われた蝶や虫達が寄ってきた。

璃生は、ラウルと虫の後をついていったり、蝶が次はどの花にとまるのかを予想したりして楽しく遊ぶ。

「はぁ、おなか空きましたね。そろそろお昼にしましょうか」

昼時になり、璃生は持参してきたランチボックスを披露した。

料理長に聞いてみたところ、どうやら王族達のピクニックは侍従を何人も引き連れ、王宮にいるかのようにテーブルや食器類まですべて同じものを運んで使うらしいが、そんなのは大変なので、璃生はありあわせの材料でランチボックスをこしらえてきたのだ。

中身は、朝から早起きして作ったサンドイッチと焼きそば、それに焼いたソーセージや鶏の唐揚げなどがぎっしり詰め込まれていた。

「お、ヤキソバがある！　うまそうだな」

「アルヴィン達の分も作ってきたんで、たくさん食べてくださいね」

「いいのか？　やった！」

「こら！　少しは遠慮という言葉を知らんのか、貴様は！」

サイラスに叱られながらも、アルヴィンが真っ先に唐揚げを摘まみ、一口で頬張って「うまい！」と感動している。

「はい、ラウルはこれをどうぞ」

璃生から小さなランチボックスを受け取ったラウルが蓋を開けると、中にはルゥルゥに似せたキャラ弁が入っていた。

メインはハンバーグで、大きいものを中心に一つ、上に小さいものを二つ配置してルゥルゥの顔を表現している。

耳には薄切りのハムを貼りつけ、つぶらな瞳は黒オリーブの実を使い、さまざまな食材を使って可愛らしいルゥルゥがランチボックスいっぱいに笑っていた。

その周囲には、幼児でも食べやすいようロールに巻いた卵のサンドイッチと、花に見立てて飾り切りをしたソーセージが詰め込まれている。

「わぁ、ルゥルゥだ！　かわいい！」

「なんて美しい……まるで魔法のようです。リオ様、すごいです！」

「そ、そんなたいそうなものじゃないですよ。私のいた世界では、お母さんが子どもに作ってあげるものなので」

「こんな手の込んだものを毎日ですか？　信じられません……」

と、サイラスは感心しきりだ。

璃生から皿を渡されたレオンハルトも、並んだ料理の数々を見て驚いている。

「これをすべて、そなたが作ったのか？」

「ええ。あ、でも料理長さんが手伝ってくれましたけど。毒味しますか？」

そう気を利かせるが、レオンハルトは「必要ない」と断り、少しためらった後サンドイッチを一つ取って口に運んだ。

「どうです？」

「……うむ」

「おいしいんですか？　まずいんですか？　はっきりしてくださいよ、もう！」

そう詰め寄ると、レオンハルトは「……うまい」と白状した。

「本当ですか？　よかった」

無理やり言わせた感がなくもなかったが、一応レオンハルトに褒められ、璃生はほっとすると同時に、自分の気持ちがひどく浮き立っているのに気づいた。

──あれ？　どうして俺、王様にちょっと褒められただけで、こんなにテンション上がってるんだろう……？

考えてもよくわからないので、動揺を誤魔化すために自分も大口を開けて焼きそばを頬張る。

「リオのつくってくれたおべんと、おいしいね！」

すっかりキャラ弁が気に入ってしまったラウルは、始めは「可愛いのでずっと取っておく！」と主張して聞かなかったのだが、璃生にまた作ってあげるからと宥められながら摘まんで食べさせてもらうと、「もっと！」とあ～んと可愛らしいお口を開けて催促してきた。

ラウルも物心もつかないうちに家族を亡くしているので、甘えたい年頃なのだろうと、璃生は膝の上にラウルを乗せ、食べさせてやる。

ラウルはおいしいおいしいと旺盛な食欲を見せ、ぺろりとキャラ弁を平らげた。

少し多めに作ってきたけれど、皆に好評でランチボックスが綺麗に空になって嬉しい。

おなかがいっぱいになったラウルは、アルヴィンとサイラスをお供にルゥルゥの様子を見に行き、そのふかふかの毛並みにモフモフしながらじゃれて遊んでいる。

そののどかな光景を眺めながら、レオンハルトがふいに呟く。

「こんなに楽しそうなラウルを見るのは、久しぶりだ。礼を言う」

「そんな、私はなにもしてないです。ラウルが楽しんでいるのは、王様と一緒にいられるからだと思いますよ、きっと」

にっこりして答えると、レオンハルトがふと複雑な表情になる。

「そうだろうか？　私も、もっとラウルと過ごす時間を増やしたいのだが……」

「ラウルは、年齢の割に賢い子ですから、王様が忙しいことも、いつも自分を気にかけてくれていることもちゃんとわかってますよ。私が保証します！　……って、私に保証されても信憑性ないかもしれないけど」

つい照れ笑いをすると、レオンハルトはそんな璃生をじっと見つめてくる。

「そなたは、本当に不思議な存在だな。そなたに言われると、不可能なこともできてしまいそうだ」

「……私は、ただの人間ですよ」

煌の巫女としてのフィルターを通して見られると、神々しく崇め奉られる存在になってしまうのが歯がゆい。

璃生は、一人の人間として自分を見てほしいのだ。

――俺はいったい、王様になにを望んでいるんだろう……？

考えても、よくわからなかった。

「リオ?」

「……なんでも、ないです」

璃生がそう誤魔化すと、ラウルに「リオ〜、レオおじさまもはやくきてぇ！」と呼ばれ、二人は急いでそちらへ向かったのだった。

璃生がこの世界に召喚され、早いもので一月(ひとつき)ほどの時が流れた。

王宮での生活にも慣れ、馬にも乗れるようになったので、隙を見ては従者に変装してあちこち王宮の周りを探索しているが、いまだ元の世界へ戻れる手がかりは見つからない。

「はぁ……やっぱ無理なのかな」

また神殿に籠もって祈りを捧げるふりをして、こっそり王宮を抜け出し、周辺を探索していた璃生はため息をつく。

だいたい、この広大な大陸のいったいどこを探せばいいのかすらわからないのだから、お手上げだ。

「いい加減現実を受け入れましょうよ、璃生様ぁ。こう言っちゃなんですけど、煌の巫女はこの王国ではメリスガルド正教の大神官と同じレベルの権限を与えられてるんですよ？　ぶっちゃけ、すんごい権力者なんですからね？」

パンドラが言うには、この大陸では人間族、妖精族、獣人族、魔人族、龍人族など異なる種族が共存しているが、それでいて侵攻戦争が起きないのは、ひとえにメリスガルド神のおかげなのだという。

明確に戦争を禁じている、メリスガルド神を唯一神として崇拝し、それぞれの種族は互いに不可侵条約を結び、共存し、互いの領分を侵さず、節度を持って貿易などを通じて交流しているらしい。

「すごいね、まさに理想の世界だ」

「そうですよ。メリスガルド様は大陸全土で崇拝されていらっしゃる、それはそれは偉大な神なんですからね！」

「その割には、うっかりミスで俺を転生させずに召喚したりしてるじゃん」

「ああっ、それは言わない約束ですぅ！」

そんな話をしながら馬を走らせていると、王宮の外れに真新しい瀟洒な建物が対のように二棟並んでいるのが見えてくる。

「ね、パンドラ。前から気になってたんだけど、あの建物は？」

「ああ、あれはレオンハルト陛下の愛妾の館ですぅ」

「え、愛妾……？」

璃生は驚いて、思わず馬を止めてしまう。

確か、レオンハルトにはまだ正妃はいないはずだ。

正妃を迎えていないのに、既に愛妾が二人いるというのもおかしな話だと思っていると。

「それがですねぇ、聞いてくださいよ！」

ゴシップ大好きなパンドラが集めた情報によると。

東の離宮に暮らす一人目の愛妾の名は、ビアンヌ。

隣国の第三王女で、温厚な性格。

優雅な貴婦人だが二度の離婚歴があり、本国には別れた元夫との間にできた息子が一人いるらしい。

そして、西の離宮に暮らす二人目の愛妾は、レイラ。

同じく隣の小国の第八王女で、こちらは初婚だがなにかと気が強く、プライドが高いらしい。

「お二人とも気質も正反対で、とにかくレオンハルト陛下の寵愛を巡って、すこぶる仲が悪いらしいんですよぅ。お二人が正妃の座を争っているのを、王宮中の者が固唾を呑んで見守ってるらしいですぅ」

「なんだそれ、まんま昼ドラじゃんか。しっかし王様、いつもムッツリして『女の人になんか興味ありません』みたいな顔しといて、やることはやってるんだな」

「ええ～、璃生様は評価キビしめですけど、レオンハルト陛下はそりゃあもうおモテになるんですよ？　国中の若い娘の憧れの的だと侍女達が噂してました」

「ふ～ん」

努めて興味のないふりを装いながらも、璃生は内心穏やかでない自分に気づく。

――あれ、なんで俺こんなにムカついてるんだ？　王様に愛妾が何人いようが、俺には関わりのないことなのに。

自分でもよくわからなくて、その不可解な感情に首を捻ってしまう。

「璃生様、聞いてますぅ？」

「え？　う、うん」

「お二人とも大層お美しいようですよ。いったいどちらがレオンハルト陛下の正妃となられるんでしょうねぇ」

と、楽しげにゴシップネタを語り続けるパンドラをよそに、璃生はうわの空だった。


翌日、いつものように朝の儀式で謁見の間に入ると、玉座に座ったレオンハルトはひどく憂鬱そうだった。

「あれ、どうしたんです？　なんだか元気ないですね」

巫女の正装姿でお告げを終え、そう声をかけると、レオンハルトはちらりと璃生を見る。

「わかるか？　煌の巫女よ、女性二人の諍いを収める、なにかいい方法はないだろうか？」

聞けば、レオンハルトの愛妾二人は、今までとは一風変わった煌の巫女にいたく興味を示し、璃生に会いたがっているのだという。

その際、どちらの館に先に璃生を招くかで、現在大モメにモメているらしいのだ。

レオンハルトは、それにひどく手を焼いているらしい。

「そんなの簡単ですよ。二人同時に会えばいいでしょ？」

「それはそうだが……二人は、それではメンツが立たぬと言うだろう」

「そんなの、メリスガルド様のお告げで、二人一緒に会えって言われたことにしとけばいいんです
よ」

「……なるほど。策士だな、そなた」

と、レオンハルトはその提案に感心した様子だ。

「それで……付き合ってくれるか？」

「わかりました。一つ貸しですよ？」

「……相変わらず、ちゃっかりしているな」


そんなわけで話はまとまり、レオンハルトは双方に『メリスガルド様からのお告げ』を伝え、数日後に二人の離宮から中間地点にある王宮の大庭園でお茶会が開かれることになった。

堅苦しくない内輪だけの場ということなので、璃生もレオンハルトも正装ではなく普段着だ。

歩くとかなり距離があるので、璃生はレオンハルトと共に馬車で大庭園へと向かう。

到着すると、大庭園内には立派な薔薇園が眺められる白亜の東屋があり、そこに既にお茶会の仕度が調えられていた。

二人は先に控えていて、璃生達を恭しい礼で出迎えてくれる。

「「ようこそおいでくださいました、陛下、リオ様」」

「本日は私のために、このような席を設けてくださり、心より感謝申し上げます」

と、璃生も礼儀正しく挨拶した。

淡いブルーのドレスをまとった、柔和そうな笑顔の茶髪の女性がビアンヌ夫人。

燃えるような深紅のドレスがよく似合う、幾分気の強そうな赤毛の美女がレイラ夫人だ。

二人とも、ただのお茶会だというのにとびきり洒落たドレスを身につけ、首飾りや指輪に耳飾りなど数々の宝石を煌めかせている。

どちらが豪華な出で立ちか、女性同士のマウント合戦は既に始まっているらしい。

初対面の挨拶を済ませ、四人で改めてお茶会の席に着く。

「とてもお会いしたかったですわ。王宮では、もうリオ様の噂で持ちきり！　なんでもずっと降らなかったのに、ドラゴンを召喚なさって雨を降らせたとか」

と、噂に尾ひれがついていて、とんでもないことになっている。

「い、いや、さすがにドラゴンは召喚してないです……」

うちの神使は、ドラゴンの羽根が生えたミニパンダだけど、と心の中でだけ付け足す。

もしかすると、パンドラがドラゴンに間違われているのかもしれない。

「そなた達、あまりリオを困らせるな」

「あら、いいじゃありませんの。リオ様とはこれから親しくお付き合いさせていただきたいですわ」

と、ビアンヌ夫人が微笑み、扇を振ると、控えていた侍女がすかさず色鮮やかな菓子を載せた皿を運んでくる。

「リオ様、わたくしの母国から珍しいお菓子を取り寄せましたの。どうぞ召し上がってくださいな」

「あら、わたくしの国の焼き菓子の方が有名ですのよ。さぁ、どうぞ」

と、双方からいかにも高級そうな菓子を差し出され、璃生は困惑する。

「そ、それじゃ、ぜんぶいただきますね！」

ほかに円満な解決方法が見つからず、猛然と菓子にかぶりつくしかない。

「あらあら、こんなにお可愛らしくて細いのに、リオ様は健啖家でらっしゃるのね」

「本当に、ねぇ」

と、二人は羽根つき扇で口許を隠し、上品に笑う。

「ところでリオ様は、暗黙の掟をご存じかしら？」

「掟？」

「ええ、煌の巫女は殿方とそういうことをなさると、予言の能力を失うので生涯独身を貫く方がほとんどなのですのよ。いわばメリスガルド様と婚姻したと考える国民も多いですわ。国王陛下でさえ、煌の巫女を妻に迎えるのはタブーとされていますの」

そこで二人の意味ありげな視線が、璃生に集中する。

——これってもしかして、めっちゃ牽制されてる……？

『わたくし達のレオンハルト様に手を出すな』と暗に圧をかけられ、璃生はだらだらといやな汗を掻く。

「そ、その話はなんとなく聞いてますです、はい……」

「そう、ならよろしいのだけれど」

「ご存じないなら、お教えしておかないとと思いましたのよ、ほほほ」

こういう時だけ気が合うのか、二人は同じ所作で扇を翳して笑っている。

「……そなた達、いい加減にせぬか」

見かねて、レオンハルトがそう諫めると。

「あら、わたくし達がいらぬ心配をしなければならないのは、陛下のせいではありませんこと？」

「そうですわ。陛下が早くわたくし達のどちらかを正妃に決めてくだされば済むことですのに」

ねぇ？　とここでも二人は絶妙のコンビネーションで、チクチクとレオンハルトにあてこする。

――こ、怖っ！

正妃の座を争う女の戦いに巻き込まれ、璃生はひたすら菓子を頰張るしかない。

「またその話か……」

うんざりした様子のレオンハルトに、給仕をしていた侍女達全員が全身の神経を研ぎ澄ませ、聞き耳を立てているのがわかった。

このお茶会での修羅場は、瞬く間に王宮中の噂となって駆け巡るのだろう。

――俺は関係ないんだから、巻き込まないでほしいんだけどなぁ。

そんな調子で、璃生にとっては針のむしろのお茶会が終了し、早々にお暇することにする。

「とても楽しいひとときでしたわ。次はぜひわたくしの館に遊びにいらしてね、リオ様」

「あら、わたくしの館が先ですわ」

「いいえ、わたくしの方が」

と、最後の見送りでまでモメている二人を残し、璃生とレオンハルトはそそくさと帰りの馬車に乗り込んだ。

「いやぁ、すごいバトルでしたね。私、食べるしかなくてお菓子でおなかいっぱいです」

と、璃生は馬車の座席でパンパンになった腹を撫でる。

「しっかし、いつもあんな感じなんですか？　モテるお方は大変ですね」

キシシと笑ってからかうと、向かいの席に座っているレオンハルトが多少あきれた様子で、斜め下四十五度で璃生を睥睨してきた。

「なんです？　その視線は」

「ふん、相変わらずそなたはお気楽だと思ってな。人の苦労も知らないで」

「苦労って？」

「……なんでもない、忘れろ」

「言いかけてやめるの、キモチワルイんでやめてもらえます？　そこまで言ったなら、教えてくれたっていいじゃないですか」

しつこく璃生に食い下がられ、レオンハルトは不承不承口を開く。

「……まぁ、そなたには話しても問題なかろう。決して他言しないと誓えるか？」

「もちろんです！」

なんだかよくわからないが、レオンハルトが秘密を打ち明けてくれそうなので、璃生は少しワクワクしてしまう。

「……なんというか、その……あれは芝居なのだ」

「芝居？」

「もっと近くに寄れ。御者に聞かれるとまずい」

そう促され、璃生は立ち上がってレオンハルトの隣の席へ移動する。

すると、ふわりとムスクのようないい香りがして、それが彼のつけている整髪料だと気づき、少しドギマギしてしまう。

「そ、それってどういうことです？　ひょっとしてお二人はお飾りの愛妾ってことなんですか？　なぜそんなことを？」

動揺を誤魔化すために小声で質問すると、レオンハルトがため息をつく。

「まったく、そなたは聞きにくいことをはっきりと聞くな」

「すみません、すっごく気になっちゃって」

するとレオンハルトも御者を気にしているのか、璃生の耳許に唇を寄せ、囁く。

「王位は亡き父から我が兄のレイフが継いだ。不慮の事故で兄夫婦とラウル以外の子らが亡くなったので、私が当座の穴埋めで王位についたが、ラウルがもう少し成長したらあの子に譲るつもりなのだ」

「え……？」

思いもよらぬ重大な秘密を打ち明けられ、璃生は驚きのあまり硬直する。

パンドラからの噂話でそれらしいことは聞いていたものの、まさか当のレオンハルトの口からはっきり退位の話が出るとは思わなかったのだ。

「そ、それ、私なんかが聞いちゃっていい内容なんですか？」

「そなたには煌の巫女として、今後も政治や国の重要事項の相談もせねばならない。私の意向を知っておいてもらった方がいいと思ってな」

「でも、それと愛妾がお飾りってことと、なんの関係があるんです？」

不思議に思ってそう問うと、レオンハルトはわからないのか、と言いたげな表情になった。

「私に子ができれば、跡目争いが起きるであろうが」

「あ、そっか……」

言われて初めて気づいたが、ではレオンハルトはラウルを王位につけるために、自らのしあわせや家庭をあきらめるということなのだろうか？

「で、でもそれじゃ……」

「なんだ？」

「その……王様が寂し過ぎるじゃないですか」

思い切って本心を告げると、レオンハルトは少し驚いたように目を瞠り、そして微笑んだ。

至近距離で初めて彼の笑顔を見た璃生は、なぜだかどくん、と鼓動が跳ね上がる。

「そなたは本当に思ったことをそのまま口にするのだな。だが、そうした歯に衣着せぬ物言いの者の意見に耳を傾けるのも、施政者の務めかもしれぬ」

「王様……」

レオンハルトの話によれば、ビアンヌ夫人とレイラ夫人はそれぞれの理由で本国に居場所がなく、嫁ぎ先を探していたが、その身分の高さゆえになかなか話がまとまらなかったらしい。

そこで重臣達から正妃を迎えるよう矢のような催促を受けていたレオンハルトは、衣食住には困らないお飾りの愛妾として納得ずくで彼女らを迎え、人前で正妃の座争いの芝居を頼んでいるのだという。

二人が争うふりをすれば、周囲はどちらかが正妃になるまで時間がかかりそうだと様子を見てくれるので、その間結婚しない大義名分ができ、時間が稼げるとレオンハルトは考えているようだった。

——でも見た感じ、二人は本当に王様のこと好きなんじゃないかなぁ。

あれはあながち芝居ではないのではないか、と璃生は思ったが、当のレオンハルトはまったく気づいている様子がないので、やっぱり王様って朴念仁なんだな、などと失礼なことを考える。

「兄は父に似て有能で、皆から将来を期待されていた。その血を引いているのだから、きっとラウルも国民に慕われる偉大な王となるだろう。私もラウルのための尽力は惜しまぬつもりだ」

レオンハルトの言っていることは、わかる。

わかるけれど、彼自身のしあわせを犠牲にしてほしくなくてモヤモヤしていると、ふとレオンハルトが微笑む。

「そんな顔をするな。ラウルに王位を委ねたら、退位した後で妻を迎えればよいではないか」

「……その頃、王様は中年になっちゃってるかもしれないじゃないですかっ。いや、王様は年取っても格好いいとは思いますけどねっ」

自分の感情の処理の仕方がわからず、そう八つ当たりしてから、璃生は元の席へ戻ろうと立ち上がる。

すると、そこでちょうど馬車が悪路にさしかかったのか、急に車体がぐらりと傾いだ。

「あっ……」

「危ない……！」

バランスを崩してしまった璃生の細い身体を、レオンハルトが咄嗟に両手を伸ばしてしっかりと受け止める。

てっきり転倒したと思い、ぎゅっと目を瞑ってしまった璃生が、恐る恐る目を開けてみると。

「……あ……」

なんとレオンハルトの膝の上に横向きに抱えられていたので、恥ずかしさに卒倒しそうになる。

「す、すみません……！」

「怪我はないか？」

「はいっ、大丈夫です」

慌てて立ち上がり、思わずレオンハルトから距離を置いて向かいの隅っこの席に腰掛け直す。

するとレオンハルトも、やや気まずそうに「すまん」と謝った。

「また、そなたに触れてしまったな。許せ」

「そ、そんなの気にしないでください。王様、手袋してるし。それに今のはその……不可抗力でしたし」

レオンハルトに謝罪され、璃生は自分の置かれた境遇に複雑な気分になる。

——そんな、神様みたいに崇め奉られても困るよ……俺はただの人間なのに。

「あの……私は本当に普通の人間なので、そんな風に祀り上げられると背中がむず痒いっていうか、なんていうか……。ほかの人がいる時はしかたないですけど、ラウルと一緒の時とか、二人だけの時は普通に接してもらえませんか？」

「……わかった、そなたがそう望むなら」

「よかった！　約束ですよ？　はい、指切り」

と、璃生は嬉しくなって右手の小指を差し出す。

「指切りとはなんだ？」

「あ、私のいた世界での、約束の儀式です。こうやって小指同士絡めてっと……」

璃生は失礼しますとレオンハルトの手袋をつけた右手を取り、その小指に自分の小指を絡ませる。

そして指切りげんまんの歌を歌い、勢いよく指を切った。

「……そなたの国は恐ろしいな。約束を違えた者には、針を千本も飲ませる刑を処すのか？」

「ふふ、本当に飲ませたりしませんよ。つまり、それくらい約束は大事だから守ろうねってことです」

「そうだな。確かに約束は大事だ。私もそなたとの約束は守ることにしよう」

「ありがとうございます！」

嬉しくてにっこりすると、レオンハルトはなぜか照れたように視線を逸らす。

――今日は落ち着いて、王様といろいろ話せてよかったな。

最初は険悪だったが、接していくうちに予想外に彼の本質に触れられ、人を見かけや態度だけで判断してはいけなかったと反省する。

だが、自らのしあわせを犠牲にしてでも、ラウルを大切に育て、王位を譲ろうとするのにはなにかほかに理由があるのだろうか？

璃生はそこがひどく気になった。


「ああ、それは恐らくレオンハルト陛下のお母上が、平民出身の愛妾だったからかもしれませんねぇ」

その疑問は、常に王宮中を探索して回っているゴシップ好きなパンドラに聞いてすぐに解けた。

「レオンハルト陛下の兄上は正妃様のお子で、正当な後継者でしたから。レオンハルト陛下はご自分の出自を踏まえて、ラウル様を早く王位につけようとなさってるんだと思いますぅ」

「そんな……母親の生まれがどうとか、国王の資質にはなんも関係ないじゃんか」

理不尽な話に、璃生は我がことのように憤る。

「王制ってそういうものなんで、しかたないですよぅ。重臣達の間でも、それが一番望ましいと思う者が多いみたいですしね」

「王様だって、頑張って国を治めてるのに……なんか納得いかないなぁ」

璃生がそうぼやくと、近くでルゥルゥと遊んで走り回っていたラウルに呼ばれ、そちらへ急ぐ。

今朝はラウルとルゥルゥのお散歩に同行し、王宮前広場をのんびり散策している最中なのだ。

「リオ、みててね！」

そう言って、ラウルはルゥルゥの背中に乗る。

ラウルは子どもとは思えないほど巧みにルゥルゥを手綱で操っていて、その姿は幼いながらも実に堂々としたものだ。

「上手だよ、ラウル」

「えへへ、おおきくなったら、レオおじさまみたいにかっこよくなりたいんだぁ！」

ラウルにとって、レオンハルトは憧れの存在らしい。

と、そこへ「リオ様、遅くなって申し訳ありません」と王宮からサイラスが走ってきた。

普段はレオンハルトの命令で璃生についている彼だが、ほかの侍従達では手に負えない案件が出ると、本来の職務に戻らざるを得ない。

「私はもう一人で大丈夫だから、仕事しててていいのに」

「そうは参りません。私は、陛下からリオ様のお付きを任されているのですから」

生真面目なサイラスは、あくまでレオンハルトに忠実だ。

するとそこで、周囲にいた使用人達の間にざわめきが走った。

なんだろう？　と不思議に思って見ると、王宮正門から騎乗した一団がやってくる。

十人ほどの、深紅の制服に身を包んだ近衛騎士団の精鋭達と、その先頭で馬を操っているのはマントを羽織ったレオンハルトだ。

「あ、レオおじさま！」

璃生達に気づくと、レオンハルトが隊列から外れ、こちらへやってくる。

その背後には、ぴたりとアルヴィンが付き従っていた。

サイラスが恭しく一礼し、王を迎えると、レオンハルトは馬上から璃生を見下ろす。

「朝の散策か？」

「ええ、王様は予定通りお出かけですか？」

「ああ、視察だ。十日ほどで戻る。ラウルのことを頼んだぞ」

「はい、いってらっしゃい！」

璃生が手を振り、その気安さに近衛兵達がぎょっとしてレオンハルトの表情を窺っている。

「レオおじさま！　おみやげかってきてね！」

「ああ、楽しみにしているがよい」

すると、去り際にアルヴィンがサイラスに向かって告げる。

「サイラスも、俺がいないと寂しいだろうが我慢しろ。戻ったらプロポーズの返事を期待しているぞ」

「ば、馬鹿！　声が大きい！」

アルヴィンの声はよく通るので、周囲の人々の注目を一斉に集めている。

「じゃあな！　愛してるぜ、サイラス」

ぬけぬけと投げキスを寄越し、アルヴィンが一番後で隊列へ戻ると、レオンハルトの一団は風のように駆けていった。

それを目撃していた周囲の侍女達が、「あんなに愛されてらっしゃるのだから、サイラス様もいい加減求愛にお応えして差し上げればよろしいのに」「とてもお似合いですものね」などとひそひそ盛り上がっている。

「……あの無神経男がっ！　戻ってきたら絶対シメる……！」

平素はクールなサイラスがそう呻くが、ややあって我に返り、「取り乱して申し訳ありません」と璃生に謝罪する。

「前から気になってたんだけど、アルヴィンとサイラスってそういう関係だったの？」

好奇心を抑えきれず、璃生はつい聞いてしまう。

「そ、それはその……奴はあの通り強引ですので、やむなくというか、なんというか」

ヘドモドするサイラスに、ラウルが純真無垢な笑顔を向ける。

「レオおじさまも、アルヴィンとサイラスははやくけっこんすればいいのにっていってたよ！」

この王国では、同性婚も法的に認められているので、二人の結婚にはなんの支障もないようだ。

「いえ、我が主がまだ正妃をお迎えになられていないというのに、臣下である私達が先に結婚などあり得ません」

どうやらサイラスはそれが原因で、かたくなにアルヴィンからのプロポーズを拒み続けているようだ。

「それに……私は魔人族の出身ですし。近衛騎士団の中でも有望株のアルヴィンにとっては、もっと高貴な身分の女性と結婚する方が後々のためです」

「そんな、身分とか種族とか関係ないですよ！　一番大切なのは愛情でしょ？」

「リオ様……」

「二人はすごくお似合いだと思いますよ。私も応援しますね」

そうにっこりすると、サイラスはわずかに頬を染め、恥ずかしげにうつむいた。

——王様が正妃を迎えないと、二人は結婚できないんだから、やっぱ王様も好きな人としあわせになるべきだよな。

なんとかして、皆がしあわせになる方法はないものだろうか？

璃生は一心不乱にそのことを考えていた。

レオンハルトが不在の間は朝のお告げの儀式もないので、璃生も少し暇になってしまう。

夜、一人で寝台へ入ると、なんとなく人恋しくなってくる。

——王様、今頃なにしてるのかな？

なぜか、考えるのはレオンハルトのことばかりだ。

最初は角を突き合わせるばかりだったのに、こうして十日も会えないとなるとひどく寂しい。

――わ～！　なんで俺、王様のことばっか考えてるんだ⁉　王様も俺も男なのに。

今まで奥手だったせいで、元の世界でも恋愛経験皆無だった璃生は、同性どころか異性に惹かれたこともなかったので混乱する。

だが、早くレオンハルトに会いたいという気持ちは本物だった。

そして長い十日間がやっと過ぎ、予定通りにレオンハルト達が帰還したとの報告を受け、璃生はほっとする。

彼の兄一家は馬車が崖崩れに巻き込まれて亡くなったのを知っているので、怪我や事故に遭ったりしていないかと、ずっと心配だったのだ。

ちょうどラウルと文字の勉強をしていた時だったので、授業を終えた璃生は急いでラウルを連れて彼の私室へ向かうと、まずは旅の埃を落とすために入浴と着替えを済ませたレオンハルトがちょうど戻ったところだった。

「レオおじさま！　おかえりなさい！」

寂しかったのか、ラウルが飛びつくと、レオンハルトも嬉しそうにその小さな身体を抱き上げる。

「ただいま、ラウル。いい子にしていたか？」

「うん！　あのね、いっぱいおべんきょうして、リオがとってもじょうずにえほんよめるようになったんだよ！」

大はしゃぎのラウルは、この十日間にあった出来事をあれこれレオンハルトに報告している。

「ほう、だいぶ文字が読めるようになったのか?」

「ええ、王様不在中も頑張ってました」

璃生もおかえりなさいと言いたかったのだが、なんだか気恥ずかしくて言いそびれてしまう。

「ねぇねぇ、あそんで!」

「それじゃ、私はこれで……」

二人の時間を邪魔したくなくて、璃生は退室しようとしたが。

「え~、リオもいっしょにあそぼうよ! ね?」

「いや、でも……」

そうねだられ、困惑してレオンハルトを見ると、彼も「しばらく留守にした後は、ラウルと過ごすために時間を取ってある。予定がないなら、そなたも付き合え」と言い添える。

「……わかりました」

話はまとまり、まずは三人で王宮を使った広大なかくれんぼを始めることにした。

璃生が教えたこの遊びはラウルのお気に入りで、レオンハルトにもルールを教えたが、大柄な彼はすぐ見つかってしまうので不利だった。

さんざん遊んで、最後はラウルの部屋に戻り、ボードゲームをしている途中で、ラウルがこっくりこっくりと船を漕ぎ出す。

「ラウル、眠いなら寝台に行きなさい」

「ん~~やだ~~」

ラウルは梃子（てこ）でも離れず、そのままレオンハルトの膝の上で眠ってしまった。

「すっかり遊び疲れたようだな」

「ふふ、王様が戻ってくるのを楽しみにしてたので、はしゃぎ過ぎたんでしょうね」

その寝顔の可愛さに、二人は飽きることなくラウルを見つめ続ける。

パチパチと薪が爆ぜる暖炉の炎は温かく、この空間はひどく居心地がよかった。

「ラウルには、寂しい思いをさせているのかもしれぬな……」

「王様……」

「この子はそなたによく懐いているな。いつも面倒を見てくれて、感謝する」

思いがけず素直な言葉を受け、璃生は焦ってしまう。

「そ、そんな、王様が殊勝だとやりにくいんで、やめてくださいよっ。私もラウルが大好きで、一緒にいて楽しいんですから」

「……そうか」

「ラウルは、王様のことすごく尊敬してるし、大好きですよ」

「リオ……」

「また時間できたら、三人で遊びましょうね」

そう言って、璃生はにっこりした。

◇　◇　◇

「なぁ、パンドラ。この世界って蛸は獲れるのかな？」

スマホで画像を検索しながら、璃生はパンドラの大好物の蜂蜜を一匙すくって差し出し、そう尋ねる。

「タコってなんですかぁ？」

すかさずそれに飛びつき、あっという間に口の周りを蜂蜜でベタベタにしたパンドラは、スマホの画像を見て『うへぁ』という顔をする。

「なんなんです、これ？　未知の生物ですぅ！」

「食べるんだよ、おいしいよ？」

「ひぃぃっ、ヤバいですぅぅ！」

パンドラの反応に、やっぱり蛸は無理かとあきらめる。

――どっちにしろ、この王国は海から遠いみたいだから海産物は難しいか。

なぜ璃生がそんなことに頭を悩ませているのかというと、料理長から新メニューをまた教えてほしいと懇願されたからだ。

先日の焼きそばは王宮内でちょっとしたブームになり、やがて食材を納品するために王宮に出入りしている街の行商人組合の会長の耳に入り、是非とも街での『ヤキソバ』の販売を許可してほしいと申し入れがあったらしい。

こうした場合は通常マージンを取るらしいのだが、許可を求められた璃生は『焼きそばは気軽な食べ物なので、皆に安く提供してあげてほしい』とその権利を無償で渡したのだ。

「小麦粉は豊富に手に入るから、次はたこ焼きかなと思って。そうだ、蛸が無理なら代わりにソーセージとかチーズとか入れればいいんじゃないかな？」

ソースはもう完成しているし、鋳型職人にたこ焼き用の金型を作ってもらえれば、すぐに試作できそうだ。

熱心に考えているうちに朝のお告げの時間になったので、璃生は正装に着替えて謁見の間へ赴く。

儀式が終わると、璃生はレオンハルトにこっそり声をかける。

「あの、王様。ちょっとお願いがあるんですけど」

「なんだ、そなたが頼み事など珍しいこともあるものだな」

「ちょっとお忍びで街に行ってもいいですか？　焼きそばが流行り始めたらしいんで、実際に売ってるとこ見てみたくて」

それも本当なのだが、実際に街の市場で売られている食べ物などを見て、次の料理を考えるヒントが欲しいと思ったのだ。

すると、そばに控えていたサイラスが顔色を変える。

「いけません！　煌の巫女様が領民の雑踏に紛れるなど、もし万が一のことがあったら大変です」

「え〜〜、こないだの視察の時みたいに、変装して男の子の格好したら大丈夫じゃない？　もちろんフードも被るし」

「ですが……っ」

心配性なサイラスを、レオンハルトが制して告げる。

「よかろう、ならば私が同行しよう。護衛にアルヴィンも連れていくので、サイラスも来るがよい」

「はっ……畏まりました」

レオンハルトの鶴の一声で、なぜか四人で街へ行くことになってしまった。

さっそく、以前視察の時と同じく男物の服に着替えて『男性に変装』する。

本来自分は男のはずなのに、実にややこしい。

今回は、下級貴族に仕える小姓用の衣装だ。

念のため帽子を目深に被り、さらにフードつきのマントを頭から被ると、黒髪もほとんど見えなくなる。

仕度ができて合流すると、レオンハルト達は街で暮らす、下級貴族の子息とその護衛&従者という扮装が板についていた。

聞けば、以前から時折こうしてお忍びで領民達の暮らしを視察しているのだという。

こうして四人は馬に乗り、王宮から一番近い商業地域リーハルへ向かった。

華やかなりし王都マリーハルンの中でも、一番賑やかな街らしい。

ラウルも連れていってあげたいと思ったが、アルヴィン達に自分と幼児の護衛をさせるのは気の毒なのであきらめる。

リーハルへは、馬で早駆けしていけばすぐの距離だ。

王宮の外へ出るのは久しぶりなので、璃生は城の検問を通過した時からワクワクしてくる。

なにより男物の服で、思い切り馬を走らせるのは気持ちがよかった。


「わぁ……！」

リーハルの市街地へ入るとすぐ広大な市場があり、さまざまな日用品や食料などが売り買いされていた。

品物も豊富で、商人達も買い物をする領民達にも活気に溢れている。

「すごく賑やかですね」

「今日は祝日なので、いつもより大規模な市が開かれているようです。ここで揃わぬ物はないと言われているのですよ」

と、サイラスが律儀にあれこれ解説してくれる。

「わ、あれなに？　あれは？」

物珍しさに、璃生はついあちこちきょろきょろしてしまう。

すると出店の屋台で、中年の店主が威勢よく呼び込みをしている場面に出くわした。

「さぁ、なんと新しく召還された煌の巫女様の世界の食べ物、ヤキソバだよ！　今まで誰も食べたことのない、珍しい味がたったの五百デイルだ。数に限りがあるんで早い者勝ちだよ！」

その掛け声につられ、通りかかった領民達が「私にも一つちょうだい！」「俺もだ」と殺到している。

フォークを使い、皆がその場で出来たての焼きそばを頬張るのを、璃生は固唾を呑んで見守る。

「このソースが、なんとも言えずうまいな！」

「ほんと、今まで食べたことがないけどおいしいわね」

その感想を聞き、迷っていた人々も次々注文している。

噴水がある近くの広場では、座って焼きそばを食べている人が多く、それを見かけた人が『あれはなんという食べ物だ？』と続々と店にやってくるようだ。

「とても好評のようですね」

「うん、こうして皆が食べてくれるとこを実際に見られてよかった」

璃生はレオンハルト達を振り返り、連れてきてくれたことに礼を言う。

「あ、あれなんですか？　おいしそう！」

そんな訳でとりあえずの目的を果たした璃生は、次に勉強のためと称して目につくおいしそうな料理を次々買っては試食していく。

こんがりと焼かれた鶏の腿肉はかぶりつくと肉汁が溢れ出るほどで、フルーツを山ほど詰め込んだタルトは一ホール食べたいと思うほどおいしい。

「は〜、来た時から思ってたけど、この国のお料理はどれもレベル高いですねぇ」

「リオ様は健啖家でいらっしゃいますね。おなかは大丈夫ですか？」

その食べっぷりのよさに、サイラスが驚いている。

つい地を出して全開で食べていた璃生は、はっと自分が『女性』だったことを思い出し、「はぁ、食べ過ぎちゃった……もうおなかいっぱい」と今さらながら空々しい演技をした。

すると、近くで焼きそばを食べていた親子連れが、「オニギリと同じだね。煌の巫女様が教えてくれたお料理って」と話しているのが聞こえてきた。

「お、おにぎり……⁉　今、おにぎりって言いました⁉」

「ああ、エレノア様が伝えてくださったものだ。なんでも、エレノア様の故郷の料理だとか。数十年前から既に広く我が国に浸透し、皆に愛されているぞ」

と、レオンハルトが教えてくれる。

「この市でも、売っているはずですよ」とサイラス。

「た、食べたいです……‼」

もしかしたら懐かしいおにぎりに出会えるかもしれないと、璃生は小走りで市の中を探し回る。

「リオ様、あったぞ」

アルヴィンが真っ先に見つけてくれたので駆け寄ると、そこにはあのつやつやと光り輝く白米のご飯が海苔（のり）に包まれた三角おにぎりがずらりと並んでいた。

「おにぎりだ……‼」

――エレノア様って、転生前は日本人だったんだ……！

璃生のあまりの興奮ぶりに、店主もびっくりしている。

「兄ちゃん、そんなにこのオニギリが好きなのかい？　今日は『シオムスビ』がオススメだよ！」

「皆も食べるよね？　それ、四つください！」

巫女としての給金は規定通り支給されているが、普段は王宮で衣食住にお金がかからないため、貯めていたそれで璃生は塩むすびを四つ買う。

皆に配り、自分の分をしげしげと観察すると、それはまごうことなきピカピカの白飯だ。

久しぶりのおにぎりに夢中でかぶりつくと、白飯がほろりと口の中で解ける。

米がおいしいので、具なしの塩だけで握ったおにぎりでも充分おいしい。

「お、おいしい～!!」

涙を流さんばかりに大喜びの璃生に、レオンハルトがまだ手をつけずにいた自分の分を差し出す。

「これも食べるがよい」

「え、でも……」

「遠慮するな。そなたらしくないぞ。そんなにうまそうに食べられては、やりたくなるではないか」

「……ありがとうございます」

お言葉に甘え、二つ目にかぶりつくと、レオンハルトはそんな璃生を楽しげに眺めていた。

「でも、知らなかった……シルスレイナ王国でお米が取れるんですね」

「昔はなかったが、エレノア様が他国から取り寄せた稲で栽培に成功したそうだ」

「エレノア様は転生前のご実家が農家だったとおっしゃっておられたので、それまで我が国にはなかった稲作の方法を伝授してくださったおかげだそうですよ」

と、サイラスも解説してくれる。

そこで璃生は、これは自分がいた世界の有名な料理で、転生前のエレノア様は同じ国の人間だった可能性が高いことを皆に伝えた。

聞けば、海がない王国では海苔も入手できなかったので、まず他国の海産物を扱う商人と提携し、依頼してその土地で製造したものを輸入しているのだという。

「そしたら、蛸も手に入りますか⁉」

「タコ？　なんだ、それは？」

「蛸があれば、新メニューを作れるんです！」

「なんだかよくわからぬが、海産物ならば詳しい業者がいる」

レオンハルトがサイラスに命じ、手に入るか確認してくれるというので、礼を言う。

――はぁ、まさか異世界でおにぎりが食べられるとは思わなかったなぁ。

もっと文字が読めるようになったら、王宮図書館でエレノアの記録を読ませてもらおう。

なにか日本に関する記述が残っているかもしれないと思うと、さらに勉強を頑張らねばと励みになった。

久しぶりに故郷の味に触れ、璃生はふと気づくと目頭が熱くなるのを感じる。

こちらに来てから慣れない環境の中、憶えることが多過ぎて、それこそ息つく暇もない忙しさだった。

　そのせいで、元の世界をあまり思い出さずに済んだのかもしれないが、もう戻れないかもしれないと思うとやはりつらい。

「どうした？」

「……ちょっと目にゴミが入っちゃって」

　そう誤魔化すと、レオンハルトがさりげなく背中で璃生を隠し、急にアルヴィンとサイラスに言った。

「そなた達、少し二人で回ってくるがいい。後で、ここの噴水前で落ち合おう」

「そ、そんな、いけません！　御身のそばを離れるなど言語道断です」

　サイラスは、とんでもないと反対したが、

「さすがレオンハルト様だ。恩に着るぜ！」

「ちょ、ちょっと!?　アルヴィン!?」

「まぁまぁ、近くにいれば万が一なにかあったらすっ飛んでくればいいさ。せっかくのレオンハルト様のご厚意だ。久々にデートしようぜ」

「近衛騎士団長の貴様が、なにを世迷い言を言っている!?　待てと言うのにっ」

　強引に肩を抱かれたサイラスが、アルヴィンに強制連行されていくのを、璃生はぽかんと眺める。

「あの二人は王宮では互いの職務があって、なかなか二人きりで出かけることなどできぬのだ。たまには気を利かせてやらねばな」

と、レオンハルトが微笑む。

「王様、優しいとこもあるんですね」

「まったく、そなたは私のことを魔物かなにかだとでも思っているのか？」

「いやいや、さすがにそこまでは思ってないですよ？」

レオンハルトの軽口につられ、璃生も自然に笑顔になる。

「案ずるな、そなたの護衛は私一人で充分だ」

「そ、そんなこと王様にさせられないですっ。私は大丈夫ですから」

とんでもないと辞退するが、レオンハルトは革手袋をつけた左手で璃生の手を取る。

「この人混みで、迷子になられては困るからな」

「王様……」

「私もそなたも手袋をつけているので、厳密には触れたことにはならんだろう」

そう律儀に釈明してから、レオンハルトは手を繋いだまま歩き出したので、璃生も慌ててついていく。

手袋越しとはいえ、レオンハルトの体温を感じ、なんだかドキドキしてしまう。

――おかしいな。なんで俺、こんなに心臓がバクバクしちゃってるんだろう……？

もしや不整脈か、はたまた心臓の病気なのだろうか？

いや、これは万が一、レオンハルトの正体を知る刺客が襲ってきたらどうしようという緊張感からかもしれない。

その時は、自分が彼を守らなければ、などと悲壮な決意を固めていると、

「……やはり、元の世界へ帰りたいのか？」

並んで歩き、目線を合わせないままレオンハルトが聞いてきた。

「え……？」

「エレノア様も……オニギリを召し上がる時、よく泣いておられた。故郷が懐かしかったのだろう」

どうやらレオンハルトは、そのことを気にかけてくれていたようだ。

「……そりゃまぁ、帰りたくないって言ったら嘘になりますけど」

「そうであろうな。私がそなたでも、同じことを思ったやもしれぬ」

「王様……」

一見意固地に見えるが、レオンハルトは彼なりに璃生を理解しようとしてくれている。

その歩み寄りが嬉しかった。

「あの、今まで元の世界に戻れた煌の巫女っていたんですか？」

ずっと聞きたかった質問をすると、レオンハルトはわずかに言い淀む。

「そなたには酷な話だが、私の知る限りでは一人もおらぬ。ほかの、人間族以外の区域ではあったかもしれぬが。しかし、そなたも知っての通り、煌の巫女は未通の乙女でなくなるとその力を失う。なので本人が結婚を望んだ場合は、私は巫女の引退を認めようと考えている」

聞けば、今までは国益を優先し、無言の圧力で煌の巫女には生涯独身を課してきたが、レオンハルトはそれを悪しき慣習だと考えているようだ。

人権の不確かなこの世界で、彼の主義思考は極めて人道的だと思えた。

「だから、もし好きな相手ができたら、私に言うがよい。なんとか重臣達を説得して、そなたの引退に尽力しよう」

「ありがとうございます。その言葉だけで、すごく嬉しいです」

なので璃生も、素直に感謝の気持ちを伝える。

「でも私、まだ元の世界に戻るのあきらめたわけじゃないんで！　頑張って、なにか方法を探してみるつもりです」

「……そうか。断っておくが、そなたがその……出来損ないの巫女だから厄介払いしたい、とかではないぞ？　そなたの意志を尊重したいだけだ」

「わかってますよ」

と、璃生はにっこりする。

「もう私、実は王様がけっこういい人だって、わかっちゃってるんで！」

それから二人は、手を繋いだまま市場をそぞろ歩き、楽しんだ。

「わぁ、こっちの広場はまるでお祭りみたいですね」

「今日は祝日だからな。皆、羽目を外しているのだろう」

路地の突き当たりでは木製の丸テーブルと椅子が並び、ちょっとした青空酒場になっている。

「蜂蜜酒、飲んでみるか？」

「はい、飲んでみたいです！」

飲んだことがなかったので即同意すると、レオンハルトが注文しに行ってくれた。

その近くでは、派手なメイクをした大道芸人達がパフォーマンスを披露していたので、璃生は歩きながらついそちらに気を取られてしまう。

「あっ……」

すると、椅子に座ってエールを飲んでいた大柄な男の肩に軽くぶつかってしまった。

「あ、すみません」

すぐに謝ったが、男は酔いに濁った目で璃生を睨みつける。

「ああ？　痛てぇじゃねえか、坊や」

「ほ、ほんとにごめんなさい」

ぺこりと頭を下げると、男は下から無遠慮に璃生の顔を覗き込んできた。

「お、えらい可愛い顔した坊やじゃねぇか」

酒臭い息を吹きかけられ、閉口するが、先方はどうやらかなり酔っているようだ。

「詫び代わりに、ちょっと酌しろよ」

「いや、でもあの……」

強引に腕を摑まれ、困っていると。

「リオ、どうした？」

蜂蜜酒を注文してきたレオンハルトが戻ってきた。

「なんでぇ？　あんたの小姓か？」

男に絡まれ、レオンハルトはちらりと璃生に視線をやる。

「ああ、そうだ。私の従者がなにか失礼をしただろうか？」

「ふん！　下級貴族のボンボンが偉そうに！　ちょっと酌するのに貸せって言ってるだけだ！」

男は、完全に絡み酒で、相手がまさかこの国の王だなどと夢にも思っていない。

周囲の者達も、迷惑げに眉をひそめている。

「それは困る。物ではないので、貸し借りはできぬのでな」

「けっ、スカしてんじゃねぇよ！」

のそりと立ち上がると、男はかなりの巨漢で、長身のレオンハルトよりもさらに一回り大きかった。

「私の従者は謝罪した。それでも納得してもらえないのか？」

「うるせぇ！」

男が問答無用で拳を振り上げ、レオンハルトに殴りかかろうとする。

「危ない……！」

璃生は思わず叫んでしまったが、レオンハルトは素早く身を躱し、目にも留まらぬ早さで男の背後に回り込むと、その巨体をなんなく押さえ込み、右腕を背中にねじり上げた。

「痛てぇ……っ！　腕が折れるっ」

「もう、乱暴はせぬと誓うか？」

「ち、誓う誓う！　悪かったよ！」

男が悲鳴を上げたので、レオンハルトが放してやる。

周囲はその騒動を固唾を呑んで見守っていたので、彼は軽く右手を上げた。

「騒がせて申し訳なかった。お詫びに、皆に一杯奢ろう」

そう言って、酒場の店主の中年女性に金貨を渡す。

「皆に、好きな酒を一杯振る舞ってやってくれ」

「わ、わかりました！」

レオンハルトの大盤振る舞いに、静まり返っていた場はたちまち盛り上がる。

「気っ風がいいね、兄ちゃん、ご馳走になるよ！」

レオンハルトにあっさり取り押さえられた男は、すっかり毒気を抜かれてしまったのか、彼に奢られたエールを隅の席で大人しく飲んでいる。

「さっきは格好よかったよ、お兄さん。男前な上に強いなんて、粋だねぇ」

レオンハルトにもエールを運んできた女店主は、ちらりと暴れた男を振り返る。

「あの人も、悪い人じゃないんだけど、工場の仕事をクビになっちまったってボヤいてたから、虫の居所が悪かったんだろうよ。許してやっておくれ」

「いえ、よそ見してた俺が悪かったので。お騒がせしてすみませんでした」

璃生は、自分が原因なのでひたすら恐縮し、レオンハルトにも「私のせいですみません」と小声で謝った。

「気にするな。そなたのせいではない。それより、街の工場が人員削減するほど、この辺りは景気がよくないのか？」

「そうだねぇ、近くに別の工場ができて、そっちで造った工具の方が売れてるからじゃないのかね」

それからレオンハルトは女店主とあれこれ世間話をし、酒を振る舞った領民達にも気さくに話しかけていた。

——そうか、これも王様のリサーチなんだ……。

こうしてさりげなく、街の景気や経済状況、領民達の暮らしぶりなどを観察しているのだろう。

そんなレオンハルトをひそかに見つめながら、璃生は彼が自分のために注文してくれた蜂蜜酒を一口飲む。

初めて飲んだ蜂蜜酒は、甘くてとてもおいしかった。

結局その後は店の客達との盛大な宴会に引っ張り込まれ、心配して探しに来たサイラスにお目玉を食らう羽目になるのだったが。


——はぁ、こないだは楽しかったなぁ。

街でのお忍びが楽しくて、また連れていってほしいなと璃生は考える。

その日も朝の儀式を終え、レオンハルトと璃生が謁見の間を出ると、ちょうど廊下で高官らしき人物と鉢合わせした。

「これは陛下、ご機嫌いかがですか？」

「おはようございます、叔父上」

大仰な仕草で挨拶したその男性は、ちらりとレオンハルトの後ろにいた璃生に視線を向けた。

「部下から聞きましたが、馬を乗り回したり、使用人達と突拍子もない料理を作ったりと、今回の煌の巫女様はずいぶんと活発でいらっしゃるようですな。あまり自由にさせておくのも、王の沽券に関わるのでは？」

――なんだ？　このおっさん。めっちゃカンジ悪いな～。

璃生からすると、初めて見る顔だと思ったが、どうもかすかに見覚えがある気がする。

必死に記憶の糸を手繰ると。

「……あ、あの時の！」

忘れもしない、璃生が初めてこの世界に召喚された時、偽物ではないかと声高に璃生を非難した、あの貴族の男だった。

――くっそ～あの時の恨み、忘れてないからな!?

この男のせいで、危うく地下牢に入れられるところだったことを璃生は根に持っていた。

年の頃は、四十代後半といったところだろうか。

ルックスはいかにも紳士然としているのだが、きつい目許とその眼差しに底意地の悪さが滲み出ている気がして、璃生は反感を抱く。

すると、そばに控えていたサイラスがこっそり耳打ちしてきた。

「ユルギス大公殿下です。レオンハルト様の叔父上にあたる方です」

「え、王様の？　似てないね」

と、璃生もひそひそと返す。

ユルギスが気に食わないのは山々だったが、ここで自分が暴れるとレオンハルトに迷惑がかかるので、ぐっと我慢した。

するとレオンハルトが、璃生とユルギスの間に割って入る形でさりげなく立ちはだかる。

「リオの予言はよく的中していますし、彼女の世界の料理も街では人気のようです。国益をもたらしてくれているのですから、ある程度は自由にさせてやりたいと考えております」

「し、しかしだな、それではそなたの国王としての威厳が……」

「叔父上にご迷惑をおかけしないよう心がけますので、ご心配なく」

食い下がろうとするがレオンハルトにピシャリと遮られ、ユルギスは忌々しげに舌打ちする。

「……ふん、相変わらず下々の味方をするのは、母親の生まれが原因ですかな」

そう捨て台詞を吐き、そのままそそくさと行ってしまう。

「ちょっと！　そんな言い方って……っ」

咄嗟にユルギスに嚙みつこうとする璃生を、レオンハルトが制する。

「叔父上は、いつもあの調子なのだ。気にするな」

「でも……！　王様のお母さんのことまで悪く言うなんて、許せないですっ」

自分のことはなんと馬鹿にされてもへっちゃらだったが、出自や持って生まれた変えられないことでレオンハルトを見下すのは我慢ならなかったのだ。

「ああ、腹立つ！　怒ったらおなか空いたから、朝食のスープ大盛りにしてもらおうっと」

憤然として言うと、ふとレオンハルトが微笑む。

「なんですか？　ここ、笑うとこじゃないでしょ？」

「いや、私の代わりにそなたが怒ってくれたので、すっとした。礼を言うぞ」

その笑顔に、なぜだか心臓の鼓動が跳ね上がる。

「な、なに暢気なこと言っちゃってるんですか。もう！」

「わかったわかった。ラウルが待っているから共に朝食にしよう」

そう軽くあしらわれ、璃生はしかたなくそれに従ったのだった。


「ユルギス大公殿下は、レオンハルト様のお父上の弟君ですね。王位継承権では一応第三位のお方です」

その晩、入浴を済ませ、部屋に戻って尋ねると、パタパタと羽ばたきながらパンドラがさっそく情報を披露してくれる。

パンドラの解説によれば、本来レオンハルトの兄レイフとその長男――ラウルの兄――が亡くなった時点で第一王位継承権はラウルにあったのだが、万が一自分になにかあった場合は子ども達が成人するまではレオンハルトが王位を引き継ぐようにとのレイフの遺言があったらしい。

ラウルがまだ生まれて間もなかったことと、兄の遺言もあり、王位継承権第二位のレオンハルトが急遽王位につくことになったようだ。

「ワタクシがあちこちから聞き込みした『王宮内の噂話』から分析すると、ユルギス大公殿下はレオンハルト様を退位に追い込み、早急にラウル殿下を王座につけようとしているらしいですぅ」

「え、マジで⁉」

「ラウル殿下が、まだなにもわからないお年なのをいいことにお飾りの王とし、その背後から自分が摂政として、思い通りにこの国を牛耳る傀儡(かいらい)政治をもくろんでいると、もっぱらの噂ですね」

「だからあのおっさん、王様の揚げ足ばっか取ろうとしてるのか。血の繋がった叔父さんなのに！」

と、璃生は憤る。

「王位争いなんて、そんなものだと相場は決まってますからねぇ。レオンハルト様は賢いお方なので、うまくあしらってらっしゃるみたいですけど、まぁとにかくユルギス大公殿下につけいられる材料を与えないことですね」

「うっ……俺がその攻撃対象になる可能性大じゃんか」

と、大いに自覚がある璃生はかなりへこむ。

「ささ、お役に立ちましたら、ご褒美くださいよぅ！」

と、パンドラは大好物の蜂蜜をねだってくるので、寝間着姿で寝台に胡座を掻いていた璃生は木匙で一杯、瓶の蜂蜜をすくって差し出した。

「はい、いつもありがとな。今さらだけど、パンドラの情報収集能力はハンパないね」

「皆、ワタクシには言葉が理解できないし、喋れないと思って無防備ですからねぇ。楽勝ですぅ」

羽ばたきながら蜂蜜を舐めるパンドラは、ご満悦だ。

「ついでに女癖も悪いみたいで、ユルギス大公殿下に手ごめ同然にされた使用人達が何人もいるらしいんですが、少しの金を掴ませて実家に強制送還で揉み消してるらしいですよ」

「なにそれ、サイテーじゃんか！　どうして罪に問われないんだよ⁉」

「いつの世も、権力者と庶民では裁かれる罪の重さが違うんですねぇ。諸行無常ですぅ」

「ますますロクでもないな、あのおっさん！」

だがもし、彼に自分の秘密がバレてしまったら、またレオンハルトに迷惑がかかってしまうだろう。

——俺、思ってた以上に王様のアキレス腱になっちゃってるのかも……。

これからは今まで以上に言動に注意しなければ、と璃生は反省した。

と、その時、控えめに扉がノックされる。

「はい」

てっきり、侍女かサイラスだと思って応答すると。

「リオ、まだ起きているか？」

なんと、声の主はレオンハルトだったので、璃生は寝台から慌てて飛び下り、寝間着の裾を直してから扉を開ける。

「王様？　どうしたんです、こんな時間に」

すると、廊下には寝間着姿のラウルを抱いたレオンハルトが立っていた。

彼の方は、執務中の姿のままだ。

「ラウルが、どうしてもそなたにおやすみなさいをすると言って聞かなくてな。他の者には内緒だぞ？」

「わかりました」

夜に会ったりしているところを見られたりすれば、どんな噂をされるかわからない。

璃生は廊下をきょろきょろと見回し、人気がないのを確認してから急いで二人を部屋へ入れる。

「リオ、おやすみのキスして！」

「はい、おやすみ、ラウル」

ラウルにせがまれ、璃生は彼を抱き上げてその頬にキスをする。

すると、ラウルもお返しに、ちゅっと璃生の頬にキスしてくれた。

「レオおじさまも！」

「よし」

次に、ラウルは璃生に抱っこされたまま、レオンハルトにもキスし、お返しにほっぺにキスしてもらう。

そしてラウルは嬉しそうに璃生の首にしがみつき、「レオおじさまは、リオにおやすみのキスしないの？」とつぶらな瞳で聞いてきた。

「……え？」

「ふたりとも、おやすみのキスして！」

期待に満ちた眼差しで促され、璃生とレオンハルトは顔を見合わせる。

「い、いや、ラウル。私達はだな……」

「……しないの?」

二人が困惑していると、ラウルが半べそになってしまう。

すると観念したように、レオンハルトが革手袋を嵌めた手で璃生の髪に触れた。

そして、その一房にそっと口づける。

髪に口づけられたのだ、と悟った瞬間、どくんと鼓動が高鳴ってしまった。

「そなたの黒髪は、つややかで美しいな」

「……王様」

「煌の巫女に直接触れることはならぬが、これくらいならメリスガルド様も大目に見てくださるであろう。夜分に騒がせてすまなかった。おやすみ」

「お、おやすみなさい……」

ラウルをレオンハルトに返し、二人を廊下まで見送って、璃生は扉を背で閉める。

なんだか、今頃になって胸がドキドキしてしまい、動悸が止まらない。

間近に迫ってきたレオンハルトの端正な美貌を思い出し、璃生は慌てて首を横に振った。

直接おやすみのキスをされるより、髪にキスされる方が何百倍も恥ずかしいような気がする。

——あ〜〜もう! あんなに格好いいなんて、反則だよ、王様!

今夜はひどく胸の鼓動が高鳴って、とても眠れそうになかった。

◆　◆　◆

「リオ！　リオはどこにいる？」

その日、レオンハルトは彼女を捜して回っていたが、部屋を訪れても璃生の姿は影も形もない。

「陛下、リオ様は……」

すると璃生の部屋で掃除をしていた侍女が慌てて駆けつけたので、レオンハルトは右手を上げてそれを制した。

「よい、聞かずとも察しはつく。どうせ厨房であろう？」

「……おっしゃる通りにございます」

「まったく、片時もじっとしておらぬじゃじゃ馬巫女だな」

そうぼやきながら、レオンハルトは厨房へと向かう。

早いもので、璃生がこの王国に召喚されてから、三ヶ月近くが過ぎようとしていた。

璃生は一応煌の巫女としての職務を忠実にこなし、その合間にラウルと文字の勉強をしたり、乗馬の練習をしたり、料理人達と新作料理作りに没頭したりと、相変わらず忙しく王宮内を走り回っている。

なので、いざ璃生を探すとなると、なかなか大変なのだ。

厨房に入室する前にそっと窓から中の様子を窺うと、璃生は料理長達と大きな木桶の中を覗き込み、ああでもない、こうでもないと論戦を交わしている。

「へ、陛下⁉」

すると、野菜を運んできた料理人の一人に気づかれてしまい、レオンハルトはやむなく厨房の中へ入る。

「また珍妙な料理を作っているのか？」

「珍妙とは失礼な。今は大豆を発酵させて、醤油と味噌を造ってるんですよ」

と、木ベラを手に桶の中身を掻き回していた璃生はドヤ顔だ。

ベールを外し、清楚なドレスに不似合いのたすき掛け姿は、いまやすっかり厨房での璃生のトレードマークとなっている。

「ショウユ？　ミソ？」

「私のいた世界では、欠かせない調味料です。これさえあれば、和食が作れるんですよ！」

『ワショク』とやらがどういう料理なのかレオンハルトには見当もつかなかったが、璃生がとても嬉しそうなので、それだけでいいかという気分になる。

「リオ様のヤキソバは大人気で、街の商人達からも早く次の新メニューを、と催促されているんですよ」

と、料理長もにこにこしている。

本来、王宮の料理は保守的で、ガチガチに融通の利かないしきたりが多かった。

しかし、それを無意味と判断したレオンハルトが、考え方の柔軟な今の料理長を抜擢したのだが、その判断が功を奏したようだ。

以前のプライドの高い料理人達だったら、璃生の世界の料理などはなから拒否反応を示したことだろう。

貴族や王族達だけが贅の限りを尽くす時代は、もう古い。

シルスレイナ王国には古来から貴族、王制制度があるが、国民から集めた税金を有意義に使うことが大切だと考えるレオンハルトは、次々と革新的な提案をし、王宮の無駄を省き、効率的、機能的な大改革に挑んでいる最中だった。

「王宮は新メニューの開発機関ではないというのに、領民達から期待されてしまって、まったく困ったものです。ははは」

「そう言いつつ、楽しそうじゃないですか。料理長」

などと、ほかの料理人にからかわれ、皆がどっと笑い出す。

璃生の存在で、皆が一つになる。

彼女を中心とすると、不思議なことに皆彼女に魅了されてしまうのだ。

これも煌の巫女の持つ、不思議な力のせいなのだろうか……？

「王様？　どうしたんですか？」

つい物思いに耽ってしまい、璃生に不思議そうな顔をされてレオンハルトはようやく我に返る。

「……なんでもない」

間近で璃生の顔を見ると、なぜだか最近動悸がひどくなる。

うすうす気づいていた疑惑は確信に変わり、レオンハルトは故意に視線を逸らした。

「新しい具のおにぎりを試作するんですけど、王様も味見しませんか？」

「……あいにくだが、私はそなたと違って忙しい身なのでな」

故意に憎まれ口を叩き、足早に厨房を出る。

すると。

「私に、なにか用事あったんじゃないんですか〜？」

そう問われたが、なんのために璃生を探していたのか思い出せず、レオンハルトは振り返れない。

——そうだ、用などなかった。私がただ、璃生の顔を見たかったから探していたのだ。

ようやく自覚すると、レオンハルトの動揺はますます激しくなった。

「ふ〜んだ！　おにぎり、すっごくおいしいんだから後で悔やんでも知りませんからね〜だ！」

再び璃生の声が背中を追いかけてきて、ちらりと振り返ると、璃生が「イ〜だ！」と両手の人差し指で口を横に引っ張った変顔をしていたので、思わず笑いかけ、慌ててそれを噛み殺す。

——まったく、じゃじゃ馬巫女は手に負えぬ。

異世界から来たせいか、璃生は国王であるレオンハルトに対してもまったく畏敬の念を抱くことなく、皆と平等に接してくる。

いや、むしろ他人よりも少々雑に扱われている気さえする……！

けれど、それが心地いいと感じてしまっている自分に、レオンハルトは戸惑う。

璃生の笑顔を見ているだけで、なによりしあわせな気分になれるのだ。

こんな気持ちを与えてくれるのは、ラウルと璃生だけだった。

異母兄レイフには男子が二人いたし、自分が妾腹だったので、まず王座につくことはないであろうと思って生きてきたレオンハルトは、ラウルを除いたレイフ一家の突然の死によって意図せずして王座を得ることとなってしまった。

兄の忘れ形見であるラウルがまだあまりに幼かったため、彼が成人するまでの暫定的な処遇だ。

むろん、周囲の重臣達もそのつもりだったのだろうが、ラウルに王座を引き渡すまでの間、少しでも国をよくするための努力を、レオンハルトは惜しまなかった。

それくらいしか、自分がラウルにしてやれることはないと思ったからだ。

ラウルのために自らの家庭を持つことをあきらめたレオンハルトにとって、少年の成長だけが唯一の心のよりどころだったのだ。

だが、そんな日常が、璃生との出会いによって少しずつ変化していく。

その流れは、自分でも止められないほど激しい。

回廊を歩きながら、レオンハルトは革手袋を嵌めた自らの右手を見つめる。

聖なる存在の煌の巫女に触れることは、古来より禁忌とされてきた。

期せずして何度か触れる機会はあったものの、いずれも手袋越しで直にではない。

もし……もしも直接、璃生の頰に、あのなめらかそうな肌に触れられたら、どんな感触がするのだろう……?

そこまで妄想しかけ、レオンハルトは我に返った。

――やはり、足掻いても無駄か。私はリオを……。

だが、認めてはならないと彼は一人、首を横に振る。

この恋は誰にも知られてはならないし、決して実ってはならないのだ。

――ようやく正妃に迎えたい相手と巡り会ったというのに、世の中というものはうまくいかぬものだな……。

誰も見ていないところで、レオンハルトはひそかにため息を落とすのだった。

◇　◇　◇

「王様！　明日からベリム地方へ現地視察に行くんですか？」

恒例の朝のお告げの儀式後で、すかさず璃生がレオンハルトを捕まえると、案の定彼はいい顔をしなかった。

「……耳が早いな」

「ええ、そりゃあもう。煌の巫女の力を甘く見ないでくださいね！」

そうドヤ顔をしてやったが、実際のところはいつものごとくパンドラの情報収集能力のおかげである。

だが、そんなことはおくびにも出さず、璃生は続ける。

「また私も連れていってください。一人で馬にも乗れるようになったし、役に立ちますから」

「……前にも申したであろう。本来、煌の巫女は……」

「はいはい、王宮から出るものじゃないって言うんでしょ？　でも、それを言うなら王様だって暗殺とか狙われる危険があるんだから、同じじゃないですか」

「まったく、口が達者だな。なぜそれほど熱心なのだ？　そなたに益はなかろう」

「そんなことないですよ。街の人達にお礼を言われると、ああ、私でも少しは役に立ってるのかな、ここにいてもいいのかなって思えるし。第一、困ってる人を助けるのは当然ですよね？」

なぜそんな当たり前のことを聞くのだろうと、璃生が不思議そうに小首を傾げると、レオンハルトはなぜか視線を逸らした。

「……いいだろう。だが……」

「わかってますよ、王様のそばを離れるな、でしょ？　ありがとうございます！」

レオンハルトの了承を勝ち取り、璃生は内心ガッツポーズをする。

これでまた人の役に立てるし、レオンハルトと一緒に旅ができる。

事前に入念に下調べをしておかなければ、などとあれこれ考えていると、ふとあることに気づく。

――俺、もうここを逃げ出そうっていう気持ちがなくなってる……？

ラウルと一緒に、勉強したり遊んだりするのも楽しい。

この王宮での暮らしはなに不自由ないし、侍女やサイラス達もよくしてくれる。

そして、なによりレオンハルトのそばにいられることが……。

そこまで考え、璃生はふと我に返り、慌ててそれを振り払う。

「けど、まだ私が逃げ出すって疑ってるんですか？　信用ないですね」

そう怒っているわけではなかったが、唇を尖らせて抗議してやると、レオンハルトがまた視線を逸らした。

「……そうではない。そばにおらねば、そなたを守れぬではないか」

「……王様」

思いもよらぬ返事に、璃生は驚きのあまり、大きな瞳を瞬かせる。

「とにかく、大人しくしていろ。このじゃじゃ馬巫女め」

「は～い」

レオンハルトが退室するのを、平静を装いながら見送り、璃生は両手で胸許を押さえる。

――なんだ、今の？　ちょっとドキドキしちゃったんじゃんか！

煌の巫女になにかあれば国益を損なうのは周知の事実なので、国王であるレオンハルトが自分を守ろうとするのは当然のことだ。

そう言い聞かせるが、胸の動悸はなかなか治まらない。

――やっぱこれ、不整脈⁉　俺、なんかの病気なのかな？

いったいなぜ、彼のことになると、こうも感情のアップダウンが激しくなってしまうのだろう……？

――反則だよ、王様。顔だけはイケメンなんだから。

彼がずっとカンジの悪いままだったら、こんな気持ちにはならなかったのに。

なのに、共に時間を過ごすうちに彼が本当は慈悲深く、思いやりのある人間だということを知ってしまった。

レオンハルトとくだらない言い合いをするのは、楽しい。

特にラウルと三人で過ごす時間は、家族との縁が薄かった璃生にとって、かけがえのない大切なものだった。

元の世界に戻りたくないと言えば、嘘になる。

だが、それ以上にレオンハルトとラウル達から離れたくないと願っている自分に気づいてしまい、璃生は途方に暮れた。


そんな矛盾と動揺を抱え、悶々としていると眠れなくて、璃生は結局ほとんど一睡もできず出立の朝を迎えることになってしまった。

今回も小姓としての衣装で、長旅には暑さ寒さ避けのマントと帽子は必須だ。

特に璃生は黒髪が見えないよう、きっちり帽子を被る。

出立前、耳聡く話を聞きつけたらしいユルギスが、「煌の巫女を男装させ、王宮から出すなんてとんでもない」などとまた難癖をつけてきたが、レオンハルトが彼の反対を押し切ってくれたので璃生もなんとか同行できることになった。

「まったく、口うるさいおっさんだよな」

パンドラだけに聞こえるように愚痴ると、ふよふよ羽ばたいていたパンドラに「ユルギス大公殿下はレオンハルト陛下の揚げ足を取りたくてうずうずしてるんですから、くれぐれもお気をつけくださいね！　璃生様」とまた釘を刺されてしまう。

「わかってるよ。お土産においしい蜂蜜買ってくるから、ラウルの遊び相手頼むね」

「お任せください！」

パンドラに見送られながら、璃生はレオンハルト達一行と共に出立する。

今回は難所があるので、最初から馬車ではなく全員馬での旅だ。

休憩を取りながら半日ほど馬を飛ばすと、やがて目の前に鬱蒼とした巨大な森が見えてくる。

「この森では、度々遭難者が出ている。視界の悪いところが多いので、各自隊列から遅れぬよう注意せよ」

「はっ！」

先頭のアルヴィンの号令で、視察に同行した護衛の騎士達が先導して馬を走らせる。

悪路のせいか予定より少し遅れており、このままでは森を抜ける前に日が落ちてしまうということで、一同早駆けする。

だが、そうなるとまだ馬に慣れていない璃生は次第に一団から遅れることになり、いつのまにか隊列のしんがりになってしまった。

すると、それに気づいたレオンハルトが馬の速度を落とし、待ってくれる。

「どうした？　大丈夫か？」

「す、すみません、すぐ追いつくので、先に……」

行っていてください、と言いかけた、その時。

突然近くの茂みの中から、なにか小動物が飛び出してきた。

「わっ！」

疲労と眠気で少しぼうっとしていた璃生は反応が遅れ、一瞬手綱を引くのが間に合わない。

すると、小動物に驚いた馬が前足を高く掲げ、一声嘶く（いななく）と一団とは反対方向へ走り出してしまう。

「ひゃっ……⁉」

「リオ⁉」

慌てて手綱を引いて制御しようとするが、興奮した馬は止まらない。

もう、璃生は振り落とされないようにするだけで精一杯だ。

「フェイ、止まって……！」

必死に声をかけるが、反応がない。

――ど、どうしよう……⁉

このままでは、落馬してしまう。

全身の血の気が引いた、その時。

隣に、馬を疾走させたレオンハルトが並んだ。

「リオ、しっかり摑まっていろ！」

「王様……！」

なんとか速度を合わせ、手を伸ばしたレオンハルトが、璃生の馬の手綱を摑み、強引に制止する。

するとフェイも興奮が治まってきたのか、ようやく足を止めてくれた。

「はぁ……」

一気に緊張が解け、璃生は脱力してしまう。

「怪我はないか？」

「は、はい、大丈夫です」

そう答えかけ、璃生はいつのまにか周囲に濃い霧が立ち込めてきたことに気づく。

「霧が……」

「まずいな。これでは方角がわからぬ」

「お〜い、誰か〜！　アルヴィン！」

璃生は声を振り絞って叫ぶが、それは空しくこだまするだけだ。

伸ばした手の先すらも見えない視界の中、二人は慎重に馬を進めたが、アルヴィン達の隊列は見つけることができなかった。

璃生の馬がめちゃくちゃに走ったせいで、自分達が今どこにいるのかすらわからない。

「どうやら、本格的に迷ってしまったようだな」

「……まずい、ですよね」

おまけに小雨までぱらついてきて、急激に気温が下がってきた。

このままではどんどん体力を奪われ、動けなくなる可能性がある。

「とにかく、雨宿りできる場所がないか周辺を探してみよう」

「は、はい」

レオンハルトについて、璃生も必死に馬を操る。

少し進むと、霧の中に古びた小屋が見えてきた。

「狩猟小屋か」

「狩猟小屋……？」

「猟に来た猟師が休憩したりする場所だ。この濃霧の中、下手に動くと危険だ。とりあえずあそこで暖を取ろう」

「そうですね。きっと皆も心配して探してくれてますよね」

二人は雨をしのげそうな近くの木陰に馬を繋ぎ、狩猟小屋へ入った。

羽織っていたマントについた雨の雫を払い、丸太を組んで造られた小屋の中へ入ると、かなり狭い。

奥に暖炉があるが、薪は綺麗に燃え尽きていて予備もなかった。

外は雨が降っているので、木を拾ってきても濡れていて火が点かないだろう。

燃料になる魔石は王宮から用意してきたが、二人の馬の荷には積んでいなかった。

探し回るまでもなく、小屋の中にはなにもなく、粗末な長椅子が二つあるだけだ。

「……ごめんなさい。私が我が儘言ってついてきたりしなかったら、こんなことにはならなかったのに……」

璃生はしゅんとして、殊勝にそう謝る。

疲労と眠気で注意力が散漫になっていたのも自分のせいなので、もっと用心すべきだったとひどく後悔していた。

「なんだ、そなたが殊勝だと気味が悪いぞ」

「だって……王様をこんな危険な目に遭わせちゃうなんて……煌の巫女失格です」

本気で落ち込んでいると、レオンハルトが微笑む。

「くだらないことを気にする暇があるなら、体力を温存しておけ。明るくなったら出発する。それまで横になっておくがいい」

「……わかりました」

彼の言い分ももっともなので、鞍の荷袋に詰めてあった保存用の干し肉とパンを囓って夕食を済ませた後、璃生は長椅子の上に横になる。

だが、夜になるにつれ、大分気温が下がってきて、小屋の中でも震えがくるほど寒い。

するとと、部屋の反対側の隅の長椅子に横になっていたレオンハルトが声をかけてきた。

「眠れないのか？」

「ええ、寒くて……」

そう答えると、暗闇の中を彼が立ち上がり、こちらへやってくる気配がする。

そして璃生の身体の上に、高級な毛皮が裏打ちされている彼のマントがかけられた。

「ダメですよ、それじゃ王様が風邪引いちゃいますっ」

璃生が慌てて起き上がるが、

「やせ我慢せず、大人しくそれにくるまって眠るがよい。そなたの身体は、そなただけのものではないのだからな」

その言葉に、なぜだかツキンと胸が痛くなる。

――王様が俺に優しくしてくれるのは、俺が煌の巫女だからなんだよな。

それは当たり前のことなのに、なぜこんなに胸が苦しいのだろう……？

自分はいったい、彼になにを望んでいるのだろう？

考えても、よくわからなかった。

そんな感傷を振り払い、璃生は努めて明るく言う。

「それを言ったら、私より王様の方がずっと大事な身体じゃないですか」

「私のことはよい」

そっけなく言って、レオンハルトが再び距離を置き、部屋の隅に戻る気配がした。

「……あの、そしたらこれ、二人でくるまったら、もっと暖かくないですか？」

「……」

「火を焚く道具もないし、ここで一晩過ごすにはそれしかないと思うんですけど」

恐らく、レオンハルトもそんなことはとっくにわかっていただろう。

だが、璃生の身体に触れるという禁忌を犯したくないのだ、きっと。

なので、璃生は身を起こして立ち上がり、自分と彼のマントを抱えて歩み寄った。

そして、その二枚を彼の身体の上にかけ、思い切ってその隣に潜り込む。

「リ、リオ⁉　なにを……⁉」

「緊急事態だし、誰も見てないんだから問題ないってことにしときましょうよ。は～暖かい」

レオンハルトが慌ててこちらに背中を向けたので、璃生も彼に背を向ける格好で横になり、ピタリと背中をくっつける。

レオンハルトは筋肉質なせいか体温が高く、触れ合ううちに璃生もだんだんと人心地を取り戻す。

「……まったくそなたは、なにをしでかすか予想もつかぬ。ほかの男には、決してこんなことをしてはならぬぞ？」

「わかってますよ。だいたい、そうそう森で迷子になったりしませんし。王様は私みたいな色気のない人にそんな気起こさないでしょ？」

「……むろんだ」

妙に間を置いてから返事があって、璃生はつい笑ってしまう。

とはいえ、背中越しに彼の体温と力強い鼓動を感じているうちに、だんだんと落ち着かない気分になってくる。

それを誤魔化すために、璃生は話題を探した。

「えっと……森の夜ってこんなに静かなんですね」

「……そうだな」

それきりまた沈黙が落ち、璃生は気まずく、今さらながら『女性』としてとんでもなく大胆なことをしてしまったと反省した。

「あの……私やっぱり、あっちで……」

するりとマントの下から抜け出そうとすると、ふいに振り返ったレオンハルトに腕を摑まれる。

「あっ……」

そのままうむを言わさず彼の胸の上に引き寄せられ、またマントの中に包み込まれてしまった。

「そなたの言う通り、緊急事態だ。朝まで互いの体温で暖を取る。よいな？」

「……はい」

さきほどよりレオンハルトとの密着度が増え、璃生のドキドキはさらにひどくなってしまう。暗くて、本当によかった。

頬が熱くなったのを、レオンハルトに見られずに済んだから。

「凍死するほどの寒さではないが、念のため起きていた方がよさそうだ。いい機会だから、そなたの元の世界の話を聞かせてはくれぬか？」

「元の世界の……ですか？」

「ああ、なかなかこうして二人だけでゆっくり話せる時間もないからな」

「面白いかどうか、わからないですよ？」

「かまわぬ。そなたのことを、もっとよく知りたい」

「王様……」

それはいったい、どういう意味なのか。

いや、ただの好奇心でもかまわない。

レオンハルトが自分を知りたいと言ってくれたことが嬉しくて、璃生は吐息が触れ合うほどの距離にいる彼を見つめる。

「……私がいたのは、日本という国です。そこでは馬車の代わりに車や電車っていう乗り物があって、それが移動手段でした」

「その『車』とやらは、なにを動力に動いておるのだ？」

「エネルギー源は電気や石油で、こっちで言うと魔石みたいなものです。それで皆は電車に乗って、会社に通勤するんですよ。後は家電っていう、家事を助けてくれる機械があって、皿洗いとか洗濯とか代わりにやってくれるから、すごく便利なんですよ」

「それはすごいな。いったい、どういう仕組みなのだ？」

レオンハルトは璃生のいた世界に興味津々で、あれこれと矢継ぎ早に質問され、それに答えていくうちに、いつのまにか夜は更けていったのだった。


「ん……」

窓から差し込む陽光の眩しさで、璃生は無意識に顔をしかめる。

——はぁ……起きたくないなぁ。

なんだかとても寝心地がよくて、温かくて。

このままずっとぬくぬくと、惰眠を貪っていたい。

でも、朝のお告げの儀式があるので起きなければ。

そんなことを考えながら、ようやく薄目を開けると……目の前にはなぜかレオンハルトの端正な美貌があった。

「……え??」

まだ夢を見ているのだろうか、と訝しみつつ身を起こそうとするが、彼の腕にがっちりと抱きしめられていて動けない。

――そ、そうだ！　俺達、森で迷って……。

一瞬で昨日の出来事を思い出した璃生は、恥ずかしさのあまり赤くなったり青くなったりしながら踠（もが）く。

すると、レオンハルトも目を覚ましたのか、ぼんやりとした眼差しで璃生を見つめてきた。

普段は一分の隙もない彼の寝起き姿はひどく官能的で、なぜだか胸がドキドキしてしまう。

「おおお、おはようございますっ」

「……おはよう」

朝の挨拶をしている場合か、と自分に突っ込みを入れつつ、璃生が見上げると、レオンハルトは名残惜しげに手を離してくれた。

ようやく解放され、璃生は急いで彼から距離を置く。

「手袋をしていたし、直には触れておらぬから……」

「だ、大丈夫ですよ！　誰も見てないし」

「……そうか」

――はわ～～、一晩中話していいようなんて思ってたくせに、俺、結局王様に抱かれて眠っちゃったんだ……！

やはり、前の晩の睡眠不足も祟ったのかもしれない。

お互い冬服だったので幸い男だとはバレてはいないようだが、自分の無防備さを後悔してもあとのまつりだ。

「……明るくなったし、出発するか」

「そ、そうですね……」

お互い、ぎこちない態度で小屋を出て、繋いでおいた馬の様子を見に行く。

と、その時、風に乗ってかすかに笛の音が聞こえてきた。

「あれは……アルヴィンが狩猟の時に使う笛の音だ」

「え、それじゃ……？」

璃生達が耳を澄ますと、

「……様！　レオンハルト様！」

よく通るアルヴィンの声が聞こえてきた。

「やれやれ、どうやら戻れそうだな」

「よかったですね」

いつものように二人は顔を見合わせ、そして同時にぎこちなく視線を逸らす。

——どうしちゃったんだろ、俺……なんか恥ずかしくて、王様の顔がまともに見られないよ！

ひどく彼を意識してしまい、どうにも落ち着かない気分になってしまうのだ。

「陛下……！　リオ様もご無事でなによりです！」

その後、夜が明けるのを待って森に捜索に来ていたアルヴィン達と無事合流した。

こんな状況では視察は無理なので延期となり、璃生達はいったん王宮へと戻ることになる。

レオンハルトと璃生が森で行方不明になったことは、瞬く間に王宮内に知れ渡り、大変な騒ぎになってしまった。

「陛下！　心配致しましたぞ、よくぞご無事で……！」

王宮へ戻ると、待ち構えていたユルギスが大仰に出迎える。

「ご心配をおかけしました、叔父上」

「無事なのはよかったが、少々困ったことになりましたなぁ。たとえ相手が国王といえど、聖なる存在でなければならぬ煌の巫女が、若い男と二人きりで一晩過ごすなど、言語道断。皆の手前、示しがつかないでしょう」

「……え？」

まさかそんなことで非難されるとは思っていなかった璃生は、慌てて弁明する。

「そんな、誤解です！　陛下は私にその……そんな無体なことなどなさるお方ではありません！」

「それはそなたが、まだ未通であるかどうか調べればわかることだ。すぐ医師の診察を受けさせましょう」

――冗談だろ⁉　そんなことされたら、男だってバレるじゃんか～～！

まさに絶体絶命の危機に、璃生は青ざめる。

すると、レオンハルトが口を開いた。

「叔父上は私が、そんな節操のない男だと思っておられるのですか？　心外です」

「い、いや、そういうわけではないが、念のためで……」

「リオが煌の巫女の能力を失っていなければ、私達の間にはなにも疚しいことはないという証明になりましょう。リオに、そんな屈辱的な検査を受けさせるつもりはありません」

「……陛下がそうおっしゃるなら」

レオンハルトがきっぱりと拒絶したので、ユルギスは無念そうに引き下がる。

――はぁ、助かった……。

自分を庇ってくれたレオンハルトに感謝するが、このことで彼がユルギスに恨まれなければいいのだが、とそれが気がかりだった。

「皆に心配をかけてすまなかった。私もリオも無事だ」

場の雰囲気を変えるようなレオンハルトの一言で、とりあえずその場は収まったかのように見えたものの、この時の火種が後に大火災へと繋がることになるとは、その時の璃生にはまだ想像もつかなかった。

それからしばらくは、璃生も大人しく神殿に籠もり、真面目に煌の巫女の仕事をしていたのだが。たまに気分転換で王宮の庭を歩いたりしていると、王宮に出入りしている商人達が、こちらを見ながらひそひそと話している。

「？　こんにちは」

不思議に思いながら、いつものように挨拶すると。

「こ、こんにちは、煌の巫女様」

一応いつものように挨拶はしてくれるものの、バツが悪そうに皆そそくさと行ってしまう。

「……最近、な～んかヘンな空気なんだよな」

なんだかいやな予感がした璃生は、いつものようにパンドラに探ってもらうことにした。

すると……。

「た、大変ですぅ、璃生様！」

パンドラが王宮に出入りしている商人達の後を尾行(つけ)て聞いてきたところによると、レオンハルトと璃生が森で一夜を過ごしたことは既に王宮のみでなく、領民達の間にも広まっていて、召喚されたばかりの煌の巫女に能力を失わせるような国王は適任ではないと、レオンハルトが酷評されているらしい。

「え、ついこの間のことなのに、なんでこんな早く噂になっちゃってんの⁉」

「わかりません、誰かが意図的に噂を広めてる可能性がありますね」

「なんだって⁉」

とにかく、こうしてはいられない。

璃生は侍女達に「メリスガルド様のお告げを受けるので、神殿に籠もる。しばらく誰も近づけないように」と頼んでいつものアリバイ工作をする。

そうしておいて隠していた従者の衣装に着替え、こっそり王宮を抜け出した。

「璃生様、どこへ行くんです?」

置いてかないでくださいよぅ、とパンドラがパタパタ羽ばたいてついてくる。

「街だよ。噂が本当かどうか、確かめないと……!」

馬を飛ばし、先日レオンハルト達と訪れたリーハルの市場に向かう。

すると、一番人が多い中央通りでは、号外の新聞を配っている若い男の姿が見えた。

「さぁさぁ、号外号外！　現国王レオンハルト様は、煌の巫女を手ごめになさったともっぱらの噂だ！　皆も知っての通り、煌の巫女は男を知ると、ありがた～い予言の力を失っちまう。国益より自分の欲望優先のレオンハルト様に、果たして国王である資格はあるのか⁉」

男の煽り口調に、新聞を受け取った人々は困惑げに顔を見合わせている。

「私ら庶民の声に耳を傾けてくれる、いい王様って聞いてたけど、なんかの間違いじゃないのかい？」

「いや、でも今回召還された煌の巫女様は、そりゃあみごとな黒髪で、女神のようにお美しいと聞いたぞ。男なら、ぐらっときちまってもおかしくないかもなぁ」

そんなひそひそ声が聞こえてきて、璃生は思わず叫んでしまう。

「そ、それ、証拠はあるんですか⁉」

すると、璃生に一斉に注目が集まったが、怯まず続ける。

「俺、仕事で王宮に出入りしてるけど、煌の巫女様は戻られてからも、ちゃんとメリスガルド様からのお告げをお伝えしてくださってるって聞きました。もし噂が本当なら、煌の巫女様はとっくに予言のお力を失ってるはずじゃないんですか？」

璃生の言葉に、周囲の人々も「それはそうだ」という表情になる。

「そうよねぇ、今の国王様はまだお若いのにとても慈悲深い方らしいし、そんな節操のないことはなさらないはずよねぇ」

「おい、その新聞、でまかせなんじゃねぇのか⁉」

口々に領民達に非難され、号外を配っていた男は舌打ちし、人混みに紛れてそそくさと姿を消してしまった。

璃生はふぅ、と一息つくが、少し歩くとまた別の男が号外を配っているのに出くわし、がっかりする。

「なんだ、これ。きりがないよ……」

するると、パンドラが任せておけ、と胸を叩く。

「ちょいと探ってきますぅ」

「頼んだぞ、パンドラ！」

パンドラが上空から確認してきてくれたところ、やはり街のあちこちで号外を配る男達の姿があったという。

レオンハルトへの、悪意に満ちた噂は、やはり計画的に広められているのだ。

「どうしよう……俺のせいで王様が……」

すべては自分のせいだと、璃生は全身の血の気が引くのを感じる。

「これは計画的な仕込みですよ。それも貴族以上の身分の者の仕業ですね」

「え……？」

「この短期間で新聞を印刷して、市井の人々に噂を浸透させるには、ある程度の権力と財力がないと無理ですからねぇ」

「そんな……」

それでは何者かが、明確な悪意を持ってレオンハルトを失脚させようとしているのだろうか？

「……ひょっとして、ユルギスのおっさんの仕業？」

「証拠はないので、断定はできませんけどねぇ」

とにかくその後も、回れるだけ回って号外を配る男達に抗議したが、数では敵わず、焼け石に水で終わる。

すっかり日も暮れ、疲れ果てた璃生は、そろそろ王宮に戻るしかなかった。

馬を預けた場所に戻ろうと歩いていると、ふいにパンドラが耳許で囁いてくる。

「璃生様、後を尾行られてるみたいですぅ」

「え……？」

「しっ、振り返ってはいけません。とりあえず連中を振り切らないと、王宮には帰れませんよ？」

「わ、わかった」

パンドラの指示通り、璃生はタイミングを計っていきなり猛ダッシュで裏路地へ逃げ込む。

すると、後を尾行ていた男達も慌てて追ってきたが、それより先にいくつも角を曲がり、食堂の脇道に置いてあった大樽の陰に隠れた。

「いないぞ、どっちへ行った⁉」

「あっちか⁉」

男達の声が遠ざかるのを待ってから、恐る恐る覗いてみると、どうやらうまく尾行をまけたようだ。

念のためしばらく待ってから再びパンドラが上空から確認してくれたが、もう近くに追っ手の姿はなかったとのことでほっとする。

「でも……いったい誰がなんのために……？」

「もしかしたら、璃生様が号外を配るのを邪魔したので、噂を広めたい勢力に目をつけられたのかもしれませんねぇ」

パンドラに言われ、もしそうなら、捕まっていたらどんな目に遭わされていたかと想像するだけでぞっとした。

万が一、自分が煌の巫女だと知られた日には大変なことになる。

これから王宮を抜け出す時は、細心の注意を払わなければ。

こうして王宮に戻った璃生は、こっそり抜け出した神殿に戻り、急いで従者から煌の巫女の衣装に着替えると、予言の準備を始めた。

王都の大規模な治水工事や、主食である小麦の新品種改良など、璃生のお告げを待っている案件は山ほどある。

これらを確実にこなし、国益を上げてみせることで、レオンハルトの濡れ衣を晴らすしかないと考えたのだ。

スマホを使って予言する姿は見せられないので、璃生はそれから数日にわたって一人神殿に閉じ籠もり、王国全土の地図をより詳細なものに修正したりする作業に没頭した。

一応、朝のお告げの儀式だけはこなしていたが、レオンハルトとは一切よけいな言葉は交わさず、すぐ謁見の間を出るようにする。

その場に立ち会う重臣達の中に、レオンハルトを陥れる手の者がいないとも限らないだけに、油断はできなかった。

そうした突然の璃生の変化に、まず気を揉んだのはサイラスだ。

侍女達に食事を運ばせても神殿に閉じ籠もり、ロクに休憩も取らない璃生に、彼は困惑げだった。

「急にどうなさったのですか？　リオ様。最近会えないとラウル様が寂しがっておいでですよ？

少し休憩なさって、ラウル様のお顔を見にいらしてはいかがですか？」

「……」

会いたいのは山々なのは璃生も同じだったが、今は無理なのだ。

「……しばらく会わない方が、ラウルのためなんです」

「いったい、なにがあったのです？　後生ですから理由を話してはいただけませんか？」

サイラスに食い下がられ、璃生は迷う。

「……絶対絶対、王様には言わないって約束してくれる？」

「は、はぁ……」

「あ、今『内容によっては言っちゃうかも』って考えたでしょ？　なら言わない」

「わ、わかりました！　陛下には内緒にすると誓いますから……！」

根負けしたサイラスがそう懇願するので、璃生は思い切って街での出来事を打ち明けた。

「そういうわけで、誰かが王様の足を引っ張ろうとしてる。噂だけならまだいいけど、これ以上ひどくならないうちに、調べてみてもらえますか？」

また男装して王宮を抜け出したことを叱られるかなと覚悟したが、サイラスは敢えてそこには目を瞑ってくれたようだった。

「……王宮内で、お二人の関係を口さがなく噂する者達がいるのは存じておりましたが、領民達の間にまでそんな工作をするところをみると、クーデターの可能性もゼロではありません。至急調査させます」

「お願いします、私の取り越し苦労ならそれに越したことはないわけだし。王様、ただでさえ忙しいから、よけいな心労かけたくないんです」

璃生がそう付け加えると、サイラスが複雑な表情になる。

「私は……陛下とリオ様が結ばれても、なんの問題もないと思っております」

「サイラス……？」

「おそばで拝見していれば、わかります。陛下もリオ様も、お互いをとても大切に想ってらっしゃる。愛し合う二人が結ばれないなんて、理不尽でしょう」

——え？　俺が王様のことを好き……？

言われて初めて、璃生はそれを意識する。

——そ、そんな……だって俺も王様も男だしっ……第一、王様は俺のことなんか、そのヘンの山猿くらいにしか思ってないよ、きっと！

必死にそう自分に言い聞かせるが、あの狩猟小屋で過ごした晩の、熱を帯びたレオンハルトの瞳を思い出す。

では、今までレオンハルトといると妙にドキドキしてしまったり、落ち着かなかったりしたのは、自分が彼を好きだからなのだろうか……？

自慢ではないが、元の世界でも日々バイトに追われ、恋人を作る余裕などまったくなかった璃生は、悲しいくらいに恋愛に免疫がなかった。

今さらながらに自分の気持ちを自覚し、璃生は困惑する。

「そ、それはサイラスの錯覚ですよ。あの王様が私みたいなじゃじゃ馬のこと、好きになるわけないじゃないですかっ」

赤くなったり青くなったりしながら、慌てて訂正するが、サイラスは至って真顔だ。

「いいえ、気のせいなどではありません。陛下の視線を追うと、常にリオ様をご覧になっておられるのです。うまく隠してらっしゃるので、私以外で気づいた者は今のところおらぬようですが」

「……サイラス、他人の恋路には鋭い上に寛容なんですね。アルヴィンに対してはめっちゃクールなのに」

「……今、あの男の話はしておりませんよ、リオ様」

恋人の話を持ち出されると、平素冷静なサイラスにしては珍しく狼狽(うろた)えているようなので、つい笑ってしまう。

「でも、しょうがないのかな……煌の巫女はそういう存在だから。私にできるのは、王様とこの国の役に立つために、予言することだけですよね！」

「リオ様……」

――この気持ちは、封印しなきゃいけないんだ。

煌の巫女という立場上、レオンハルトと結ばれることは彼の評判を落とすことになる。

なにより万が一、サイラスの言う通り彼が自分に好意を抱いてくれていたとしても、それは『女性』に対してのものだ。

——なによりずっと男だって隠してた俺に、王様を好きになる資格なんかないんだ……。

初めての恋を自覚した瞬間に失恋確定なんて、いかにも自分らしいと璃生は苦笑した。


サイラスが神殿から去った後も、璃生は一人仕事に没頭したが、考えるのはレオンハルトのことばかりだ。

——こんなんじゃ、いけない、集中しなきゃ。

自身を叱咤した、その時。

深夜の神殿に、ひそやかなノックの音が響き渡った。

「誰……？」

てっきりまたサイラスかと思い、璃生は眠気覚ましにちょうどいいと立ち上がり、鍵を開けに行く。

すると。

「リオ」

扉の向こうから聞こえてきたのは、今一番会いたくて会えない人の声だった。

「王様……」

鍵を開けかけた手を止め、璃生は扉の前で棒立ちになる。

「このところ、予言にかかりきりだそうだな。いったいどうしたのだ？」

「……どうしたもなにもありませんよ。私の仕事は予言で、この国を豊かにすることだからです」

かろうじて、そう答えるが。

「とにかく、ここを開けてくれ」

「……ダメです、今は会えません」

扉に手を触れて額を押し当て、断腸の思いで拒む。

「なぜだ？　噂のことを気にしているのか？　あんなもの……」

「噂って、けっこう侮れないんですよ？　根も葉もない噂で失業しちゃったら、私困るんで。噂が収まるまでの間は、二人きりでは会わない方がいいです」

「だからラウルにも会わないのか？　そなたに会いたがっているぞ」

ラウルを引き合いに出すのは、ずるい。

だが、なにを言われても璃生の返事は変わらなかった。

「……とにかく、戻ってください。こんなところをまた人に見られたら困ります」

「リオ……」

しばらくの沈黙が、二人の間を押し包む。

「……わかった。後で夜食を届けさせる。無理はするな」

「王様……」

彼の足音が次第に遠ざかっていくのを、璃生は扉を開けて追いかけたい衝動を抑えながら、ただ聞いていることしかできなかった。

会いたい。

彼の顔が見たい。

本音を言ってしまえば……彼に触れたい、触れられたい。

けれどそれは、叶わぬ夢なのだ。

璃生は唇を噛みしめ、再び机に戻った。

今の自分にできるのは、レオンハルトのために一つでも多くの予言を的中させることだけだったから。


翌朝のお告げの儀式の時にも、レオンハルトと璃生は互いによそよそしく、目線も合わせようとしなかったし、一切よけいな話をすることもなかった。

この対応を貫けば、次第に噂は沈静化していくだろう。

仕事を終えた璃生が、再び神殿に戻るために廊下を歩いていると、

「巫女様、こちらを」

いつのまにか、影のように忍び寄ってきた侍女が、つと一通の手紙を差し出す。

「え……?」

思わず受け取ってしまうと、侍女は再び音もなく下がっていってしまった。

誰からだろう、ととりあえず開封してみると、その手紙は意外にもビアンヌ夫人からだった。

内容は、要約すると『内密のご相談があるので、誰にも知られずに一人で、今宵深夜、王宮裏庭の東屋に来てほしい』といったものだ。

ラウルと家庭教師のおかげで、これくらいの文章なら読めるようになっていたのを感謝する。

——相談って、なんだろう? 王様のことかな……?

ほかに思い当たらず、璃生は腕組みする。

とにかく知らんふりもできないので、その日も一日予言のため神殿に籠もると宣言した璃生は、約束の時間になると、こっそり目立たぬよう巫女の衣装の上にフードつきのマントを被って出かける仕度を始めた。

「璃生様、どこへ行くんです?」

すかさずパンドラに見咎められ、璃生は苦笑いで誤魔化す。

「ちょっと、ヤボ用。今日は一人で行かせて。そういう約束だから」

「またなにか、いらんことに首突っ込んでるんじゃないでしょうね?」

「ずいぶんな言いぐさだな、おい。とにかく、すぐ戻るから! 誰か来たら、適当に誤魔化しといて!」

パンドラにそう言い残し、璃生はひそかに裏庭へ向かう。

真っ暗なので魔石入りランプを手に進むと、東屋前で人影が動いたので、璃生はなんの警戒心もなく近づく。

ランプの灯りで照らし出されたのは、間違いなくビアンヌ夫人だったので、璃生は声をかけた。

「ビアンヌ夫人、お待たせしちゃって……」

が、皆まで言うことはできなかった。

突然背後から何者かに羽交い締めされ、口に布が押し当てられる。

「ん……む……⁉」

反射的に踠き、なんとか拘束から抜け出そうとするが、ツンとする薬品の匂いが鼻につき、途端に全身の力が入らなくなってしまった。

——しまった……薬か⁉

膝の力が抜け、がくりとその場にくずおれる瞬間、目の前のビアンヌ夫人の青ざめた表情が脳裏に焼きつく。

これはまずい、とようやく自覚した時にはもう遅く、璃生の意識はブラックアウトしていた。


頭が、ガンガンと痛む。

「ん……」

ようやく覚醒した璃生は、頭痛のせいで顔をしかめながら目を開ける。

起き上がろうとして、なぜだか身体が思うように動かないのに気づいて見ると、縄で後ろ手に縛られているようだ。

「な、なんだこれ⁉」

どうにか外そうと焦るが、ぎっちり結ばれていてどうにもならなかった。

「どこだ……ここ？」

やむなく、縛られたままなんとか上体を起こし、壁にもたれると、そこは殺風景な小部屋だった。

璃生は、小さな寝台の上に寝かされていたようだ。

——確か……そうだ、裏庭でビアンヌ夫人と会って、それで……。

痛む頭で必死に記憶を辿ると、気を失う寸前、何者かに襲われたことを思い出す。

しかし、いったい誰がなんの目的で……？

やはり、自分が煌の巫女と知っての拉致監禁なのだろうか……？

と、その時。

廊下で男女が言い争う声が、かすかに聞こえてくる。

「……約束は果たしました。今すぐ、息子を解放してください……！」

「そう言われましても、まだ我々の計画は完了しておりませんからなぁ」

「ひどい……！　約束が違います！」

「今さら、なにを言っても遅いですよ。あなたはとっくに私の共犯なのですからね」

「そんな……」

聞き覚えのある男の方の声はユルギスで、女性の方はどうやらビアンヌ夫人らしい。

やっぱりこの一件はユルギスの差し金だったのか？

幸い足は縛られていなかった璃生は寝台から下り、もっと話がよく聞きたくて扉に耳を押しつける。

――くそっ、よく聞こえないな。

不自由な体制で四苦八苦していると、突然外から扉が開き、内側にいた璃生は必然的に突き飛ばされる形で床の上に転がってしまう。

「痛たた……」

縛られているので起き上がれず、芋虫のように踠いていると、

「大丈夫ですか？　リオ様！」

慌てて助け起こしてくれたのは、ビアンヌ夫人だった。

「ビアンヌ夫人、あなたも一緒に拉致されちゃったんですか⁉　怪我は⁉」

自分のことよりまず彼女の心配をしている璃生に、夫人は青ざめてうつむく。

「本当に申し訳ありません……でも、こうするしかなかったのです……っ。でないと、本国に残してきた、私の息子が……」

そういえば、ビアンヌ夫人には祖国に前の夫との間に息子がいると聞かされていたことを思い出

す。

――――まさか、ユルギスのおっさんが、ビアンヌ夫人に俺を誘い出させるために、息子を攫ったってのか⁉

なるほど、ビアンヌ夫人の馬車なら、王宮正門での厳しい検問もノーチェックなので、拉致した璃生を王宮の外へ運び出すのも容易だったはずだ。

ということは、ここは既に王宮の外だと思った方がいいだろう。

「お願いです。こんなことおやめください、大公殿下……っ」

「ビアンヌ夫人をお連れしろ。丁重にな」

ビアンヌ夫人が懇願すると、ユルギスが指を鳴らし、彼の配下らしき黒ずくめの男達が数人入ってきて、彼女を連行していってしまう。

「ビアンヌ夫人……！」

思わず追いかけようと璃生は上体を起こすが、その肩をユルギスが革長靴で踏みつけ、阻止する。

「他人のことより、自分の心配をした方がよいのではないか？　煌の巫女殿」

「……なぜ、こんなことを？　あなたは王様の叔父さんでしょう⁉」

「レオンハルトは、まだまだ甘い。領民からはなにかとおだてられていい気になっておるが、あんな生ぬるいやり方では国はまとまらぬ。私はこの国の未来を憂い、やむなく強硬手段に出たまでのことよ」

「そんな詭弁、通用すると思ってるんですか⁉　あなたは幼いラウルを王座につけ、摂政として自分の思うままにしたいだけなんでしょう⁉」

非難すると、ひときわ強く肩を踏まれ、璃生はその痛みに呻く。

「やれやれ、じゃじゃ馬だとは聞いていたが、今度の煌の巫女様はずいぶんと気が強いことだ。これもレオンハルトが甘やかした弊害だろう。私がじきじきに躾け直してやらねばな」

そう嘯（うそぶ）くと、ユルギスは床に倒れていた璃生を抱き上げ、寝台へと運んだ。

「な、なにを……⁉」

「どんなカラクリを使っているか知らんが、そなたの予言が的中するのはなにかと不都合でな。予言がまだ当たっているのなら、意外にもレオンハルトは手を出していないということになるが、そなたが力を失えば、レオンハルトは国益より己の性欲を優先させた、愚かな王として失墜するだろう。なに、噂を真実にしてやるだけのことよ」

ユルギスが自分を陵辱する気なのだと察し、璃生は嫌悪感で背筋がぞっとした。

「そ、そんなことをしたら、メリスガルド様のお怒りに触れますよ⁉　悔い改めなさい……！」

いかにも巫女らしい物言いでなんとか逃れようとするが、ユルギスはそんな抵抗をいともあっさり躱し、余裕の表情で上着を脱ぎ捨てる。

「巫女の力を失ったそなたには、なんの価値もない。まぁ、抱いてみて気に入ったら、私の愛人の一人に加えてやってもいいがな」

――ふざけんな、クソが……っ！

内心歯がみするが、璃生はそれを押し殺し、わざと殊勝に申し出る。

「……わかりました。非力な女の身では、力では敵いません。観念しましょう。でも腕が痛くて、このままではいやです。どうか拘束を解いてください」

「……」

「まだ薬が残っていて、目眩がするんです。ああ……気分が悪い……」

ユルギスが迷っているようなので、とても抵抗する力など残っていない演技をする。

「まぁ、確かにこのままではつらかろう。そなたにとっては初夜だしな。ふふふ」

気味の悪い含み笑いを漏らし、ユルギスは懐から取り出したナイフで、璃生を縛る縄を切った。

すっかり痣ができてしまった手首を擦る間も与えられず、再び寝台へ押し倒される。

「待って……っ、自分で脱ぎます」

故意にか細い声を出してみせると、ユルギスはいやらしくやに下がる。

「始めからそうしておればいいのだ。心配せずとも、たっぷりと可愛がってやろう」

——今だ……！

観念した演技を続け、璃生はユルギスがのしかかってきたところを、狙いを定めて思いきり股間を蹴り上げた。

「うぐぉぉ……っ！」

同じ男として、その痛みは想像がつくが、そこは容赦なくやらせてもらうことにする。

両手で股間を押さえ、ユルギスが悶絶している隙に力一杯突き飛ばし、逃れようとするが、ユルギスは璃生を逃がすまいと強引に巫女衣装の胸許を摑んだ。

「あ……っ！」

力任せに引っ張られた薄い布地が簡単に裂けてしまい、詰め物がこぼれ落ちて璃生の膨らみのない胸が露わになってしまう。

「お、おまえ、男なのか……⁉」

――しまった……！

慌てて前を掻き合わせたが、ユルギスに目撃されてしまった。

が、今はとにかくこの場を逃げ出すことが先決だ。

やむなく、璃生はそのまま裸足で駆け出し、部屋を飛び出した。

――どうしよう……⁉

男だと、ついにバレてしまった。

激しく動揺するが、とにかく全速力で走る。

「煌の巫女が逃げたぞ！　捕まえろ！」

背後からはユルギスの怒鳴り声が聞こえてきて、それと同時に黒ずくめに変装し、顔も布で覆った男達がわらわらと後を追ってきた。

――くそっ、捕まってたまるか……！

廊下に飾られていた絵画や調度品を投げつけて応戦し、目につくものを片っ端からひっくり返して進路を妨害してやる。

「く……っ」

急に動いたせいで、まだ残っていた薬の影響か目眩がひどく、壁にもたれかかって立つのがやっとの状態だ。

なんとか先に進もうとしたが、館の玄関まであと少しというところで、ついに黒ずくめの男達に取り囲まれてしまった。

剣を突きつけられ、さすがに抵抗できずに璃生は壁を背に立ち尽くす。

すると、ようやく痛みから立ち直ったのか、ユルギスが追いついて勝ち誇った笑みを見せた。

「これは驚いた。煌の巫女様がなんと男だったとはな！　レオンハルトは知っているのか？　国家に対する重大な反逆だぞ」

「……王様は、なにも知らない。俺が隠してたんだ。あの人は関係ない……！」

もう、おしまいだ。

このままではレオンハルトが糾弾され、さらに窮地に陥ることになる。

唇を噛んだ璃生は、咄嗟に近くにあった花瓶を手に取り、壁に叩きつけた。

砕けて尖った陶器の欠片を広い、それを自分の首筋に押し当てる。

「な、なにを……!?」

「俺がいなくなれば、万事解決するんだろ？　その代わり、王様には今後一切手出ししないと、誓え……！」

鬼気迫る璃生の迫力に、ユルギス達がたじろぐ。

頭がふらつき、今にも意識を失いそうな状況で、つい力が入って欠片が皮膚に食い込み、じわりと血が浮き出てくる。

――ごめん、王様。こんなことになっちゃって。

やはり自分は、彼の足枷にしかならないのだ。

今自分にできるのは、このままこの世界から消えることだけだ。

と、その時。

近くの窓硝子が、派手に割れる音が館中に響き渡った。

「な、なんだ⁉」

ユルギス達が動揺するよりも早く、割れた窓から数人の男達が次々と侵入してくる。

見ると、それは深紅の制服をまとった王宮の近衛兵だった。

「貴様ら、なにを……⁉」

「王宮近衛騎士団である！　この屋敷の周囲は、既に包囲した。命が惜しくば全員、無駄な抵抗はやめて武器を捨てろ！」

高らかに口上を述べたのは、アルヴィンだ。

そして、騎士達が中から玄関の鍵を開け、外から入ってきたのは……。

「王様……⁉」

これは自分が最期に見ている、都合のいい夢なのだろうか？

そう思ってしまうが、目の前のレオンハルトは腰に剣を佩き、悠然とマントを翻して進んでくる。

信じ難いが、どうやら本物のようだ。

開け放たれた扉からは、続々と武装した騎士達が雪崩込み、多勢に無勢と観念したのか、黒ずくめの男達は足許に剣を捨てて投降し、あっという間に捕縛された。

レオンハルトは、驚きで首に陶器を押し当てたまま立ち尽くす璃生を見つめ、その手から欠片を奪い取る。

「遅くなってすまなかった。大丈夫か？」

「王様……」

頷くのが精一杯の璃生を近くにいた騎士に託すと、レオンハルトはユルギスに対峙する。

「これはいったい、どういうことですか？　叔父上」

「ど、どうしたもこうしたもないわ！　この煌の巫女は偽物だ！　そいつは男なんだぞ⁉」

ユルギスは勝ち誇ったように叫び、璃生は破かれた衣の前を掻き合わせる。

「煌の巫女様が、男……？」

「いや、でも確かに胸が……」

さすがに、その場に居合わせた騎士達の間にもどよめきが走り、璃生はこの場から消え去りたい衝動に駆られた。

すると。

「それはまことか？　リオ」

レオンハルトにまっすぐ見つめられ、璃生は唇を噛むしかない。

「……ずっと騙してて、ごめんなさい」

その返事に、レオンハルトが弾かれたように笑い出した。

「な、なにがおかしいのだ⁉　レオンハルト」

と、ユルギスが気色ばむ。

「いえ、どうりで、とあれこれ合点がいったところです。で？　リオが男で、それのどこが問題なのです？」

レオンハルトの発言には、近衛騎士団達の間にもざわめきが走る。

「な、なんだと⁉　煌の巫女が男だなんて、前代未聞だろうが……！」

「確かに、過去煌の巫女が男性だったという前例はないかもしれませんが、予言をするのに性別は関係ないでしょう」

その言い分は極めて正論で、騎士達の反応もなるほど、といったように変化する。

「王様……」

どれほどなじられてもしかたがないと、覚悟していたのに。

まさか彼が、こんな重大な事実を一笑に付すとは思っていなかっただけに、璃生もあっけに取られてしまう。

そこでアルヴィンが、ユルギスに剣を突きつける。

「煌の巫女の拉致監禁以外にも、証拠は既に挙がっております。レオンハルト陛下の廃位を企み、それに荷担した貴族達も今頃捕縛されているはずです。潔く縛にお付きください」

「くっ……！　こんな馬鹿な……っ」

まさか、レオンハルトがここまで迅速に自らの企みを暴くとは想定外だったのだろう。

ユルギスは青ざめ、言葉を失っている。

「残念です、叔父上。こんなことをなさらずとも、私は近いうちに退位し、ラウルに王座を譲るつもりでした」

「なんだと……?」

ユルギスだけではなく、レオンハルトの発言は、その場に居合わせた全員を驚愕させるのに充分だった。

「陛下!?　なにをおっしゃるのです!?」

どうか嘘だと言ってほしい、と言いたげなアルヴィンが詰め寄ると、レオンハルトは静かに告げる。

「私は、リオに求婚するつもりだ。国益よりも恋愛を優先させた国王には、退位が望ましい。もっとも、リオがその求婚を受け入れてくれるかどうかはわからないがな」

穏やかにそう微笑むレオンハルトは、既に腹を決めているらしく、奇妙なくらいに落ち着いていた。

恐らく、彼にとっては既に長い時間をかけ、悩み抜いて出した納得ずくの結論なのだろう。

「王様……!?」

そんな、なにかの間違いだ。

レオンハルトが自分にプロポーズするなんて。

そう、きっとこれは夢だ。

この拉致監禁事件もなにもかも、自分が見ている夢の中の話で……。

ぐるぐると混乱する頭でそこまで考えると、一気に緊張が解けたせいか、だんだん視界が暗くなってくる。

――あれ……？　なんか、ヘン……？

「リオ……!?」

ぐらりと身体が傾ぎ、倒れる寸前に、駆け寄ったレオンハルトの力強い腕に抱き留められる。

「王……様……」

ああ、夢なのに、彼の温もりがこんなにリアルに伝わってくるなんて、と考えているうちに、璃生はそのまま意識を失った。


ぼんやりと、見慣れた天井が見える。

しばらくぼうっとした後、そこが自分の部屋の寝台の上で、いつも見ている景色だと気づいた。

よかった、やっぱりさっきのは夢だったのだ。

そう安堵し、首を巡らせると。

「リオ様……！　ああ、よかった！　お気づきになられたのですね」

枕許にいたサイラスと侍女達が、涙を流さんばかりに喜んでいる。

「サイラス……メリッサも……」

「お身体、医師が診察させていただきましたが、気を失われたのは嗅がされた麻酔薬の副作用だそうです。もう薬は抜けているので心配いりませんが、少し発熱されているようなので、しばらくは安静になさってくださいね」

そうなんだ、と聞き流しそうになって、璃生はガバッと跳ね起きる。

「ビ、ビアンヌ夫人は無事……!? 彼女の息子さんは!?」

そうだった。

自分はあの騒動のさなか、倒れてしまったのだったっけ。

なによりそれが心配だったのでサイラスに問うと、彼は「いきなり起きてはお身体に障ります」と璃生を宥めて再び横にならせる。

「大丈夫です。ビアンヌ夫人も息子さんも、ご無事ですよ」

サイラスの話によれば、あの後ユルギスは息子を拉致したというのはビアンヌ夫人を騙すための嘘だったと白状したと教えてくれた。

実際には、夫人の息子は本国でいつもと変わらず普通に生活していたのだが、夫人には拉致が本当かどうか確かめようがなかったので、言いなりになるしかなかったのだ。

「そうか、よかった……」

一番の心配ごとが解決し、璃生はほっとする。

そこでようやくふと気づくと、ユルギスに破かれた巫女の衣装は脱がされ、寝間着に着替えさせられている。

ということは、侍女達はその際、自分の身体を見たということだ。

「……サイラス、メリッサ達にも……ずっと嘘ついてて、ごめんね」

そう謝ると、彼らは「いいんですよ」とでも言うように優しく微笑んでくれた。

「陛下、リオ様がお目覚めになられましたよ！」

レオンハルトは、璃生が目覚めるまでずっと付き添っていたのだと、サイラスがこっそり璃生に耳打ちし、侍女達を連れてさりげなく部屋を出ていく。

二人きりになると、レオンハルトはゆっくりと枕許に歩み寄ってきた。

「本当に大丈夫なのか？　気分は悪くないか？」

レオンハルトが本当に心配げだったので、寝台の上で上体を起こした璃生は笑ってみせる。

「うん、大丈夫。やっぱりさっきの……夢じゃなかったんだ。心配かけてごめんなさい。でも、どうして俺の居場所がわかったの？」

それがずっと気になっていたので、そう問うと、

「パンドラが、そなたの後をこっそりと尾行ていたようでな。そなたが攫われ、あの屋敷に連れ込まれるのを確認してから王宮に戻り、ラウルに文字盤を使って、必死にそなたの危機を知らせたそうだ」

「パンドラが……？」

では、もしもパンドラが尾行していてくれなかったら、今頃自分はユルギスの毒牙にかかっていたのかもしれないと思うと、改めてぞっとした。

「パンドラには感謝せねばな。後で好物の蜂蜜を山ほど贈ってやろう」

「そうだね、きっと喜ぶよ」

するとレオンハルトはその場に跪き、璃生の手を取った。

「リオ……」

「王様……？」

「……そなたが、攫われたと聞かされた時は、もう生きた心地がしなかった。私のせいで、くだらぬ王座争いのいざこざに巻き込まれて、そなたの身になにかあったらと思うと、心臓が押し潰されそうだった」

「王様……」

知らなかった。

レオンハルトが、こんなにも自分の身を案じてくれていたなんて。

「捕らえた者達の尋問で、話は聞いた。頼むから……もう二度と私を守るために無茶をするな」

「……うん、ごめんなさい」

素直に謝ると、もう我慢できないというように強く抱き竦められる。

「いや……私も悪いのだ。ぐずぐずと迷って、そなたに求婚するのが遅れた。もっと早く、こうすべきだった」

まっすぐなレオンハルトの瞳が璃生を捉え、どくんと鼓動が跳ね上がってしまう。

「……駄目っ、求婚の話なら、聞けないよ」

先手を打って、首を横に振る。

「ダメだよ……俺のために、王様が王様じゃなくなるなんて、そんなの絶対いやだ……！」

レオンハルトの足枷にはなりたくない。

そのことばかり考えてきたのに、自分との恋のためにこの人のすべてを奪うなんて、とてもできないと思った。

だが、レオンハルトはそんな璃生の拒絶も意に介さず続ける。

「もう遅い。そなたが眠っている間に、退位のふれはもう出した」

「えっ⁉　な、なんでそんな、早まったことを……⁉」

まさか、そこまでレオンハルトが決断を早めていたなんて。

璃生は驚きのあまり、言葉を失った。

「そなたがどう思おうが、私の気持ちは変わらない。私が生涯の伴侶にと望んだのは、そなただけだ。そなたが私の求愛を拒んでも、そなた以外の者と結婚するつもりは毛頭ない」

「王様……お願い、俺を困らせないでよ……っ。お願いだから、退位撤回してよ……っ。俺がプロポーズ断ったら、王様辞め損じゃんか！」

「断るにしても、正直に答えてほしい。そなたも私のことを、憎からず思ってくれているな？」

「な、なに自意識過剰なこと言っちゃってるんですか。これだから、イケメンはタチ悪いんだよ……っ」

「そなたも私を愛してる。そうだろう？」

必死に虚勢を張ろうとすると、ぽつりとシーツに水滴が落ちる。

そこでようやく、璃生は自分が泣いていることに気づいた。

「……そんな聞き方、ずるい……」

自分の本心なんて、とっくの昔にダダ漏れなのに、と璃生は涙を堪えようと唇を嚙む。

「俺は……王様の役に立ちたい。あなたの重荷にはなりたくないんだ。俺が巫女としての力を失えば、王様は国中から責められる。そんなの、耐えられない……っ」

すると、寝台に横座りに腰掛け、レオンハルトが普段からつけている白手袋を外した。

そしてためらいがちに璃生の頰に手を触れ、その涙を親指の腹で拭ってくれた。

「初めて、そなたに直に触れられたな」

彼の表情がひどく満足げだったので、璃生は戸惑う。

「……俺、男だってこと、ずっと黙ってて、王様を騙してたんですよ？　今すぐ地下牢に入れられてもおかしくないことしたのに、プロポーズするなんてどうかしてます……っ」

「それには、そなたなりの事情があったのだろう。よく、自分のことを出来損ないだと言っていたが、そういう意味だったのかとようやく合点がいったぞ。まぁ、男だと聞いた時はさすがに驚いたが、そなたが男だからといってこの気持ちは変わらぬ」

「王様……」

「始めは、ついエレノア様と比べて反発していたが、思えば初めて出会ったあの時から、私の心はそなたに捕らわれていたのかもしれぬ」

この世界へ召喚された、あの日。

あれからまだ数ヶ月しか経っていないのに、ずいぶんと昔のことのような気がした。

「むろん、ラウルはまだ幼い。退位はするが、私が摂政として陰からラウルを支えよう。国中の民の誹り(そし)は、私一人がこの身に受けよう。だから……願むから、私の求愛を受け入れてくれ。そなたが元の世界に戻りたがっているのは知っているが、私はそなたと共にこの先の人生を歩いていきたい。それだけが私の望みなのだ」

「王様……」

「こんな時くらい、私の名を呼んでくれてもよいのではないか?」

そう笑われ、璃生は初めて、恐る恐る恋しい人の名を呼んでみる。

「……レオンハルト……」

「ああ、愛しい者に名を呼ばれるのは、ずいぶんと心地よいものなのだな」

矢も盾もたまらなくなったように、レオンハルトは璃生の細い身体を抱きしめる。

「次の煌の巫女が召喚されるまで間が空くかもしれぬが、巫女の予言なしでも最大限に努力し、私がラウルとこの国を支えてみせる。だからなにも案ずることなく、私のものになれ」

本当に、いいのだろうか?

なにもかも、すべてを投げ出して、この人の胸に飛び込んでしまってもいいのだろうか?

こんな自分に、果たしてその資格があるのだろうか……?

だが、璃生に悩む間も与えず、レオンハルトが情熱的に唇を重ねてくる。

「ん……っ」

生まれて初めての、大好きな人とのキスは、なんとも言えぬ深い陶酔を璃生にもたらした。

「本当に……俺でいいの……？」

こんな自分に、レオンハルトに王位を捨てさせるほどの価値があると思えない璃生はまだ迷っていたが、レオンハルトの心は既に決まっているようだ。

「今さらなにを言っている。そなたに拒まれれば、私は生涯独り身なのだぞ？　私にとって、そなたは王位よりもなによりも大切な存在なのだ」

「レオンハルト……」

「それと……叔父上のことだが、なにをされた？　まさか……」

レオンハルトが、聞きにくそうに問う。

彼はそのことをずっと気にしていたようだったので、璃生は慌てて首を横に振る。

「な、なんにもされてないよ。危なかったけど、股間蹴り上げて逃げたから」

「そうか……よかった」

心底ほっとしたように、レオンハルトは璃生の頰を両手で包み込んだ。

「そなたの心と身体が傷つけられる前に間に合って、本当によかった……」

「レオンハルト……」

ゆっくりとぎこちなく、二人の唇が触れては離れ、離れてはまた触れる。

すると、レオンハルトが名残惜しげに身体を離した。

「……熱があるとサイラスから聞いた。今日はここまでにしておこう。そなたの身体が回復するのを待つ。早く元気になれ」

「……うん」

レオンハルトに額と額を合わせられ、なんだか照れ臭くて笑ってしまう。

すると、部屋の扉がノックされ、そこへ侍女に連れられたラウルが入ってきた。

「リオ……！」

寝台の上の璃生を見た途端、ラウルの大きな瞳から大粒の涙がポロポロとこぼれる。

「ラウル……！」

「あいだがっだ……あいだがっだよぉ、リオぉ……！」

もはや大泣きでなにを言っているのかよくわからなかったが、その幼い泣き顔に胸が詰まって、璃生は思わず寝台から両手を伸ばし、小さな身体を抱きしめた。

「ごめん……心配させちゃってごめんね……」

パンドラに文字盤を貸してくれたのだから、ラウルも璃生が誘拐されたことは知っているのだろう。

それだけではなく、その前にも一方的な大人の都合で、ラウルに寂しい思いをさせてしまったことを、璃生は深く悔いていた。

「俺も……すごくすごく会いたかったよ、ラウル」

璃生も涙が込み上げてきて、その柔らかい髪に頬を埋め、懐かしいラウルの甘いミルクのような匂いを胸一杯に嗅いだ。

「ひっく……もうどこにもいかない……？」

璃生の胸に抱かれながら、ラウルが純真無垢な瞳で見つめてくる。

「どうやら、リオなしで生きられないのは私だけではないようだな」

「レオンハルト……」

「二人とも、おいで」

レオンハルトが両手を広げたので、璃生とラウルはその大きな胸に身を委ね、抱きしめられる。

「うん、もうどこへも行かない。ずっとラウルと……レオンハルトと一緒だよ」

「ほんとに？　よかったぁ……」

ラウルがようやく泣きやみ、にっこりしてくれたので、璃生とレオンハルトも顔を見合わせて微笑み合ったのだった。


薬の副作用からか、はたまた自分でも思っていた以上に最近緊張状態だったのが原因なのか、珍しく発熱してしまい、しばらく寝込んだ璃生だったが、その間もラウルや顔なじみの人々が入れ替わり立ち替わり見舞いに来てくれて、退屈しなかった。

若さと体力のおかげで医師の見立てより早く起きられるようになり、三日後にはさっそく煌の巫女としての仕事に復帰した。

とはいえ、一応今までと同じように白を基調にはしているが、女性用ではなく、煌の巫女の衣装を男性物にアレンジしたものを身につけている。

これは璃生が伏せっている間に、メリッサ達が急いで仕立ててくれたものだった。

もうベールで顔を隠すこともなく、颯爽と朝の謁見の間に向かうと、レオンハルトが笑顔で出迎えてくれる。

「元気になったようだな」

「はい、おかげさまで！　この通り元気いっぱいです」

と、璃生はふざけて力拳を握って見せる。

だがそれは空元気で、内心はレオンハルトが退位することがかなり応えていた。

現に王宮内は突然のレオンハルトの退位宣言で、三日経った今でもまだ慌ただしく落ち着かない雰囲気だ。

ユルギスは評議会の裁定で、謀反と煌の巫女拉致監禁の罪によって爵位を剝奪され、王都から遠く離れた地方で蟄居という事実上の幽閉生活を送ることになりそうだと、サイラスから聞いた。

さんざん璃生の自由を奪い、管理するようにと求めていた当人の、哀れな末路だったが、王族でなければ死罪は確実だったらしいので温情ある処断だと言えよう。

こうして、璃生の拉致監禁及び王位転覆のクーデター騒ぎは無事収まったものの、レオンハルトの退位で国中の人々が驚き、また動揺すると思うと璃生は気が重かった。

朝のお告げの儀式が終わると、擦れ違いざまにレオンハルトが耳許で囁いてくる。

「今宵、そなたの部屋へ行く」

「……わかりました」

いよいよだ、と無闇やたらと緊張してしまい、その日は一日なにをしてもうわのそらで、仕事も手につかなかった。

夜を迎える前に、と一応念入りに入浴を済ませたりしてしまう。

すると早めに仕度をしたはずなのに、レオンハルトは夕方には早々に執務を切り上げ、璃生の部屋を訪れた。

「元気がないな。まだくよくよと考えておるのか？」

「……だって、そう簡単には割り切れないよ」

レオンハルトの王座を奪う原因になった自分を、璃生はまだ許せていなかった。

すると、レオンハルトは悩む璃生を突然軽々と抱き上げ、寝台へと運ぶ。

「ちょ、ちょっと……⁉」

「そんなに悩ませるのなら、そなたを助け出した晩に、無理やりにでも抱いてしまえばよかった」

「え……？」

「未通でなくなれば、もう悩む必要もなくなるではないか」

「そ、そういう問題じゃないんですけど……！　デリカシーないな！」

怒って押し返そうとするが、力では敵わず、強引に唇を奪われてしまう。

「ん……っ」

初めはためらいがちだったそれは、次第に深くなり、やがて二人はその行為に夢中になった。

角度を変え、何度も何度も。

キスに慣れていない璃生は、うっかり呼吸するのを忘れて酸欠になり、頭がクラクラしてきて、その薄い胸を喘がせる。

「大丈夫か？」

「うん……」

大きく吐息をついた璃生の髪を、レオンハルトは愛おしげに掻き上げる。

「私は、欠片も悔いてはおらぬ。だからそなたも、私の決断を疑うな」

「……レオンハルト……」

そうだ。

レオンハルトだって、悩みに悩み抜いて出した結論だったのだろう。

それを自分が、とやかく言う権利はないのかもしれない。

「……そなたのすべてを奪っても、よいか？」

その言葉に、ためらいながらもこくりと頷く。

「うん、俺も……レオンハルトが欲しい」

「リオ……」

ようやくのことで、互いの想いが通じ合い、レオンハルトは大切な宝物に触れるように、そっと璃生を抱きしめる。

「ずっとずっと、こうしてそなたを抱きしめたかった。ようやく望みが叶ったな」

「レオンハルト……」

璃生も、恋しい人の逞しい背に両手を回し、ぎゅっとしがみつく。

そして璃生は、小声で「初めてだから……ゆっくりしてね」と囁いた。

すると、レオンハルトがいきなり璃生を寝台の上に押し倒し、馬乗りになってくる。

「レ、レオンハルト……?」

「まったくそなたは……無自覚に男を煽るな。抑えが効かなくなるではないか」

苦しげに耳朶に囁かれ、かっと頬が上気する。

「そ、そんなつもりじゃ……」

ない、と続けようとした言葉は、レオンハルトの唇に呑み込まれ。

さきほどよりもさらに濃厚な口づけの嵐に襲われ、溺れそうになる。

「あぁ……レオンハルト……っ」

「リオ……っ」

互いを阻む布地がもどかしく、焦って服を脱がせ合い、生まれたままの姿に戻る。

脱いでしまってから、璃生は羞恥で四肢を縮めた。

もし、男の自分の身体を見て、レオンハルトが抱く気になれなかったら……?

それが怖かったのだ。

だが、無用な心配だったかもしれない。

「もっと、よく見せてくれ」

「で、でも……っ」

恥じらう璃生の手を封じ、レオンハルトはその華奢な裸体を食い入るように見つめる。

まるで、熱い視線が肌に突き刺さるような気がして、璃生はかすかに震えた。

「美しい……均整の取れた身体だ」

「そんなに見ないで……っ」

羞恥に身をよじるが許されず、灯りの下でレオンハルトの前にすべてを晒されてしまう。

「リオ……私の愛しい、リオ……」

矢も盾もたまらぬように、彼の唇が全身に触れてくる。

知らなかった。

レオンハルトが、こんなに情熱的だったなんて。

とろけるように大切に愛撫され、胸の尖りを甘嚙みされると、璃生は思わず声を上げそうになって手の甲で口許を押さえる。

「なぜ抑える？　そなたの愛らしい声を聞かせてくれ」

「は、恥ずかしいよ……っ」

「では、羞恥など考える暇もないようにしてやろう」

「あ……っ」

髪の一筋から、足の爪先まで。

それこそ璃生の全身に、レオンハルトの唇と指先が触れたのではないかと錯覚するほど、濃厚に愛撫され、快感に慣れていない璃生は翻弄されっぱなしだ。

「は……ぁ……」

彼の腕の中でくったりしていると、今まで誰にも触れられたことのなかった、ひそやかな蕾にぬるりとした感触があり、璃生はびくりと反応する。

「な、なに……?」

「潤滑油だ。なければ、そなたがつらい」

「ん……っ」

ゆるゆると指先で解され、オイルの助けを借りて、ゆっくりとレオンハルトの指が入ってくる。

生まれて初めての感覚に、璃生はぶるりと身を震わせた。

「力を抜け」

「う……ん……っ」

レオンハルトの逞しい肩にしがみつき、必死に力を抜こうと努力する。

すると彼に、その顔が可愛い、とまたキス責めに遭わされた。

唇を奪われ、舌を吸われるうちに次第に力が抜け、璃生の蕾は柔軟に彼の指を受け入れる。

痛いのか、苦しいのか、気持ちがいいのか……?

感覚が鋭敏になり過ぎて、なにがどうなっているのか自分でもよくわからなくなる。

「は……っ」

そのまま四つん這いにされそうになり、璃生は慌てて振り返った。

「待って、後ろから……するの？」

「その方が、そなたが楽だぞ？」

「やだ……っ、レオンハルトの顔が見えないと」

必死にそう駄々をこねると、レオンハルトに息も詰まるほどきつく抱きしめられた。

「愛い奴め……頼むから、これ以上私を夢中にさせるな」

「レオンハルト……っ」

もはや我慢の限界らしく、レオンハルトは璃生を押し倒し、望み通りに正常位でゆっくりと、慎重に入ってきた。

「ひ……ぁ……っ」

丹念に馴らされてはいたものの、指とは比べものにならない質量とその大きさに、思わず呼吸が止まってしまう。

「息を吐いて。力を抜け……そうだ、上手だぞ、いい子だ」

「こ、こういう時に子ども扱いしないでくれる……!?」

必死に虚勢を張って抗議すると、そんな鼻っ柱の強さまでも可愛いと言いたげに、レオンハルトが目近で微笑んだ。

「まったく、そなたは可愛過ぎて困る。では、大人としてたっぷりと愛してやろう」

「うわ、ヤブヘビ……っ。ぁ……ん……っ」

ゆっくり、じわじわと彼が押し入ってきて。

長い時間をかけて、ようやくレオンハルトを受け入れることに成功する。

その頃にはもう、璃生は息も絶え絶えの有り様だった。

「も……ダメっ、ギブアップ……っ！　続きはまたの機会にしない……？」

「無理を言うな。そなたも男ならば、この状況で止められぬのはわかっているだろう」

「……ですよね～！　あ……ぁ……ん……っ」

軽口を叩いている間も緩慢に攻め立てられ、次第に訳がわからなくなってくる。

「リオ……リオ……っ」

「レオンハルト……ぁぁ……っ」

目も眩むような絶頂は、すぐ手に届くところにあり、璃生は白い頤を仰け反らせた。

「ひ……ぁぁ……っ！」

無意識のうちに恋しい男の背にしがみつき、肩口に歯を立てる。

「いいぞ、いくらでも噛むがよい。そなたの歯形は、勲章だ」

と、レオンハルトが荒い呼吸の下で不敵に笑う。

「あぁ……レオンハルト……っ」

「リオ……っ」

好き、好き、大好き。

到底言葉では言い表せない想いを、互いに全身でぶつけ合う。

惹かれ合い、求め合って。

長い紆余曲折を経て、今、ついに最愛の相手と結ばれたのだ。

深い感慨の中、二人は両手の指先を絡め合い、共に快感の階を駆け上がっていったのだった。


「……ちょっと。あんまりじろじろ見ないでもらえます？」

「減るものでもなし、いいではないか」

「王様に見られると、減るんです～！」

そう減らず口を叩いて、璃生は照れ隠しにシーツを被る。

怒濤の熱に浮かされたひと時が過ぎると、今はとても冷静に彼の顔が見られなかったのだ。

するとすかさず、シーツの海からサルベージされ、レオンハルトの膝に抱き上げられてしまった。

「そなたの愛らしい顔を眺めるのは、伴侶に与えられた特権であろうが」

「……もうっ、横暴な王様だな！」

うっかりいつもの口癖でそう呼んでしまい、璃生は真顔に戻る。

レオンハルトはもうすぐ、国王でなくなるのだ。

それも、自分のために。

「……なんか俺、なんにも変わったって実感ないんだけど」

「……そうか」

だが、未通でなくなった今、煌の巫女としての予言の力は失われてしまったのだろう。

それでも、誰に誹られようと、軽蔑されようと、自分達は多くの犠牲を払って互いの愛を選んだのだ。

「愛してる、リオ」

「俺も……愛してる」

熱く見つめ合い、二人は心を込めて唇を重ねたのだった。

◇　◇　◇

未通でなくなった煌の巫女は、その能力を失う。

レオンハルトとの初夜を過ごした璃生は、自分ではなにも変わった感じがないまま、翌朝勇気を出してスマホを取り出す。

そして、恐る恐るいつものように、朝のお告げのために占いページをタップすると……。

「……あれ？」

てっきり、もうスマホも使えなくなっていると思っていたのだが、画面にはいつも通りの占いのメッセージが表示されている。

「え……？　俺、もう巫女の能力使えないいんじゃなかったの⁉」

慌ててパンドラに問うと、パンドラは「ちょっとお待ちくださいね」とメリスガルドと交信してくれる。

が、どうやら応答がないらしい。

「また完全スルーですねぇ。まぁ、建前上はそういうことになってますが、そもそも璃生様はイレギュラーですしねぇ。間違えて転生せずに召喚された存在なので、特別に能力も失わなかったんじゃないでしょうか。メリスガルド様、都合が悪くなるとだんまり決め込むので、詳細は定かではないんですけど、はい」

「えええ⁉　マジで⁉　この数日の、俺の苦悩と葛藤は……⁉」

叫びかけ、それどころではないと璃生ははたと気づく。

「そしたらレオンハルト、退位しなくてもいいじゃんか……！」

こうしてはいられない、と璃生は急いで朝のお告げのために新バージョンの巫女の正装に着替えて謁見の間に駆け込み、自分が予言の力を失ってはいないことを、その場に居合わせた重臣達にも報告する。

レオンハルトとの初夜を迎えたことを知られるのは恥ずかしかったが、今はそんなことを言っている場合ではない。

「おお、それはようございましたね！　リオ様が煌の巫女として予言ができるならば、お二人のご結婚を阻むものはなにもありますまい」

「そうですよ、陛下が退位される必要などありません！」

事情を聞かされた重臣達が、口々にそう説得するが、当のレオンハルトは「それはよかったが、今さら取り消しなどできぬ」と頑として首を縦には振らなかった。

「もうっ、王様、頑固だな！」

すっかり覚悟を決めてしまっているレオンハルトに、璃生はどう説得したものかと頭を抱える。

と、そこへ、

「へ、陛下！　大変です！」

平素から慌てたところなど見たことがないサイラスが、息せき切って謁見の間へ駆け込んでくる。

「なにごとだ？」

「王宮前広場に、大勢の領民達が集まってきております！」

「なんだと……!?」

やはり、王位より恋を選んだレオンハルトを糾弾するために集まったのだろうか？

その場に居合わせた誰もがそれを考えたが、レオンハルトは冷静だった。

「わかった。私が話をしよう」

「いけません！　御身に危害を加えられる恐れが……っ」

慌てて止める側近を制し、レオンハルトは続ける。

「よいのだ。彼らには、私を糾弾する権利がある」

そして、彼は王宮前広場を見渡せる、二階の正面バルコニーへと向かった。

「レオンハルト……」

「大丈夫だ」

不安げな璃生に微笑み、レオンハルトは一人領民達の矢面に立つべく、バルコニーに立った。

どんな罵詈雑言を浴びせられるかと、璃生が祈るようにぎゅっと両手を握り合わせた、その時。

「レオンハルト陛下、退位なさるなんて、嘘ですよね!?」

中央にいた青年が、まず最初に声を上げる。

見ると、それはマルカドでの治水工事の際、現場で世話になった青年、ウィルだった。

「あ、あの人……」

見覚えのある顔に、璃生も驚く。

どうやら彼はレオンハルトを頼って故郷から上京し、王都で研鑽を積んでいたようだ。

「陛下と煌の巫女様のおかげで、正しい水害対策をしてもらえて、うちの街はもう洪水や川の氾濫に悩まされることがなくなりました。誰がなんと言おうと、俺はお二人のこと、応援します！　どうか退位なさるなんて、言わないでください！」

すると、それが呼び水となったのか、近くにいた中年女性も叫ぶ。

それはあの、以前リーハルの街で訪れた酒場の女主人だった。

「陛下が、お忍びで私達の街にいらっしゃって、困ったことや不便なことを聞いてくださるの、皆知ってます！　だって陛下にお話ししたしばらく後に、その問題が解決してるんですもの」

「そ、そうです。俺達、いつも感謝してるんです！　こんなに、俺達領民に親身になってくださった王様は今までいなかった」

「せめてラウル殿下がご成長なさるまで、どうか退位はお考え直しください！」

「そうだそうだ！」

「レオンハルト陛下、万歳！」

皆が口々に叫び、盛大な拍手が湧き起こる。

「皆の者……」

あまりに予想外の展開に、レオンハルトが言葉を失っていたので、璃生はたまらず自らもバルコニーに駆け出した。

「あ、煌の巫女様だ……！」

ウィルが叫ぶと、それを聞いた人々の間で、わっと歓声が上がる。

「おお、噂通り、美しい黒髪だ！」

「なんてお綺麗なんでしょう……！」

彼らのどよめきが収まってから、璃生は語り出した。

「皆さん、聞いてください。私は……実は男性です」

璃生のいきなりの爆弾発言に、さすがに領民達の間にざわめきが走る。

「き、煌の巫女様が、男……⁉」

「あんなにお可愛らしいのに⁉　嘘だろ……」

彼らの動揺がいったん落ち着くのを待って、璃生は続ける。

「話すと長くなりますが、私は手違いで転生することなく元の世界での姿のまま、シルスレイナ王国に召喚されました。初めは元の世界に戻りたいと思っていたけれど、陛下やラウル殿下、それに王宮の人達や街の皆さんと触れ合っていくうちに、この世界で生きていきたいと願うようになったんです。そして……私は陛下を尊敬し、……おそばにいたいと心から望むようになりました」

「リオ……」

隣に立つレオンハルトを見上げ、璃生はにっこりする。

「だから、陛下と共にこの世界で生きる覚悟を決めました。幸い、私はイレギュラーな存在なため、結婚しても予言の力は失われずに済んだので、これまで以上にこの王国の力になるべく頑張るつもりです。だからどうか皆さん、これからもよろしくお願いします……！」

そう言って、璃生は深々と頭を下げる。

すると。

「……煌の巫女様が男ってのには驚いたが、予言の力を失っていないなら、お二人の結婚にはなんの問題もないいんじゃないのか？」

「そ、そういうことになるよな？」

「男だっていいじゃない！　この王国では、同性婚は正式に認められているんですもの」

と、人々は口々にそう勢いづく。

「巫女様が予言の力を失っていないなら、よけい陛下が退位なさる理由なんかないですよ！」

「そうだそうだ！」

「よかったですね！　レオンハルト陛下！」

涙ぐむ領民もいて、皆が口々に二人を祝福し、王宮中に再び盛大な拍手が巻き起こった。

「陛下、これはごく一部の者達の意見ではないですよ。各地から、次々と陛下の退位に反対する署名が届けられているようです」

「サイラス……」

バルコニーの内側からサイラスに耳打ちされ、レオンハルトは言葉を失う。

「畏れながら、同じ意見の方をお連れしました」

サイラスがそう続けると、彼の背後から侍女のメリッサに連れられたラウルが走ってくる。

「レオおじさま！　おうさまやめないで！　ラウルはパパみたいに、おうさましてるレオおじさまが、だいすきなんだよ？」

「ラウル……」

ラウルの小さな身体をレオンハルトが抱き上げると、領民達の拍手がさらに強くなる。

と、その時。

「あ、虹だ！」

「本当、すごく綺麗！」

領民達が、今度は空を見上げて騒ぎ出したので、璃生達も空を見上げる。

すると、色鮮やかな虹が、雨も降っていないのになんと三重に空中に出現していた。

「見てください！　メリスガルド様からの祝福ですぅ！　虹ですよ、虹！　しかも三重です」

と、パンドラが璃生の肩で興奮している。

「え、そうなの⁉」

メリスガルドも、璃生達の結婚を祝福してくれているのだろうか？

そしてレオンハルト達は、虹がメリスガルド神からの吉兆のメッセージであることをよく知っているようだ。

璃生は、隣のレオンハルトを見上げ、悪戯っぽく笑う。

「ここまでお膳立てされたら、もう退位を撤回するしかないんじゃない？　せめて、ラウルが成人するまでは、俺も頑張って予言するから。ね？」

「リオ……」

驚いたように目を瞠ったレオンハルトだったが、やがてそれは苦笑に変わる。

「……そうだな。メリスガルド神の思し召しならば、致し方あるまい」

「よかった……!!」

嬉しさのあまり、璃生は思わずラウルを抱いたレオンハルトに抱きつき、二人をハグする。

その日、王国全土で目撃された三重の虹は、メリスガルド神からの吉兆の印として喜ばれた。

『煌の巫女が男だった』という衝撃的ニュースは王国全土に恐るべき速さで駆け巡ったが、予言の力を失うこともなく、メリスガルド神のお墨つきとあって、もはや二人の結婚に異議を唱える者は誰一人いなくなったのだった。

それから。

ようやく大人向けの書物も読めるようになった璃生は、一人王立図書館へ向かった。

そこに、先代の煌の巫女であるエレノアの記した書物が保管されていると、レオンハルトに教えてもらったからだ。

司書に頼み、普段は非公開で厳重に保管されている書物を出してもらい、目を通す。

彼女が遺した記録は、大体が王国での予言の記録だったが、その中でもこの国の人々が読めないものがあると聞き、それも出してもらう。

ドキドキしながら頁をめくると、そこには流麗な文字で綴(つづ)られた懐かしい日本語の文字が並んでいた。

『この記録を、いつの日か私と同じようにこの地に召喚されるかもしれない同郷の同胞へ遺します。私も初めは戸惑い、故郷を思って涙しました。転生するならば、前世の記憶も消してほしかった。その方が、いっそあきらめもついたでしょうから。前世での私は、貧しい農家の生まれで、兄弟が多くて養女に出される直前でした。けれどこの世界の住人となってからは、煌の巫女として認められ、生きる意味を与えていただきました』

手紙は、その後も続き、自分も常識もなにもかもが違う異世界で初めは苦労したが、王宮の人々が支えてくれ、次第にこの世界の人々を守りたい、大切にしたいと願うようになっていった経緯が連綿と綴られていた。

『あらたな来訪者よ。どうか恐れないで。あなたの、この世界での人生が、よきものとなりますように、心から祈っています』

「エレノア様……」

その優しさと慈悲深さが、文章からも伝わってきて、璃生は瞳を潤ませる。

そして、レオンハルトがあれほど彼女を尊敬し、慕っていたことに納得した。

――俺は……あなたほど立派な煌の巫女にはなれないと思うけど……精一杯レオンハルトを支えていきたいと思っています。どうか、見守っていてください。

璃生は心の中で、そう誓ったのだった。

澄みきった晴天の空の下、涼やかな祝福の鐘の音が鳴り響く。

今日はレオンハルトと璃生の婚礼の儀式ということで、近隣の街でも朝からお祭り騒ぎだ。

本来は禁忌とされてきたはずの国王と煌の巫女との結婚だが、メリスガルド神の祝福を受け、煌の巫女が予言の力を失わずに済んだというめでたい話題は、既に王国中を駆け巡っていた。

近隣の国々からは山のような祝いの品が届けられ、その注目度はかなりのものだった。

例の一件の後、ビアンヌ夫人は自ら罪を裁いてほしいと申し出たが、璃生の嘆願と、息子を人質に取られ脅迫されていたことを考慮され、お咎めなしとなった。

今回のことで、やはり一緒には暮らせなくても、息子のそばにいたいからと、ビアンヌ夫人は愛妾の座を返上し、故郷へ帰っていった。

「陛下はついに、真実の愛を見つけられたのね。もうわたくしの出る幕はありませんわ」

レイラ夫人は、二人の結婚を聞かされるとそう告げ、かねてより偽物の愛妾で禄を食むことに罪悪感があったのだと白状した。

彼女も、今まで貯めた給金を元手に、これからは街で商売をしてみたいと張り切って王宮を後にした。

こうして、二人の愛妾も王宮を去り、レオンハルトと璃生の結婚を阻むものはなにもなくなった。


「ね、どっかヘンじゃない？」

朝から落ち着かなくて、璃生は何度も同じことを聞いてしまう。

「とても素敵ですよ。よく似合っておられます。さすがは陛下のお見立てですね」

と、サイラスが太鼓判を押してくれる。

璃生の婚礼衣装は、煌の巫女の正装を男性物にアレンジした純白の衣装だ。

そのデザインはレオンハルトがあれこれ口出しして、璃生に似合うものをと特別に仕立てさせたらしい。

もはや顔を隠すベールは必要ないと、素顔を晒している。

すると、そこへレオンハルトが控えの間に入ってきた。

彼は国王としての正装姿で頭に王冠を被り、白手袋を嵌めた手には王笏、肩には緋色のマントを羽織っていて、こちらも惚れ惚れするほどの男ぶりだ。

そして、璃生の姿を一目見ると、感嘆の吐息をつく。

「とても美しいぞ、リオ。さすが私の伴侶だ」

「……もうっ、お世辞はいいよ！」

照れ隠しに唇を尖らせながらも、大好きな人に褒められて嬉しい璃生だ。

「ううっ、璃生様。お綺麗ですぅ」

感極まったパンドラが嬉し泣きを始め、璃生が差し出したちり紙でちぃん、と鼻をかむ。

「ありがと、パンドラには本当にいつも助けてもらったね。これからもよろしくね」

「もちろんですぅ！　ワタクシは璃生様お付きの神使ですからね！」

今泣いたカラスがなんとやらで、すぐドヤ顔に戻った調子のいいパンドラに、璃生は笑いを誘われる。

「さぁ、準備はいいか？」

「うん！」

サイラスから白い花束を受け取り、璃生は差し出されたレオンハルトの手を取る。

そして二人は、王宮前広場に集まった大勢の領民達のためにバルコニーに姿を現した。

婚礼衣装に身を包んだ二人を、大歓声が押し包む。

「レオンハルト陛下、リオ様、ご結婚おめでとうございます！」

「末永くおしあわせに！」

皆が口々に祝いの言葉を投げかけてくれるので、璃生は感動で胸が熱くなる。

「皆さん、本当にありがとうございます……！」

すると、若い女性からこんな野次が飛んだ。

「お二人とも、誓いのキスを！」

周囲の人々も賛同するような拍手が巻き起こったので、レオンハルトと璃生は思わず顔を見合わせる。

「どうする？」

「どうするって、するに決まっているだろう」

璃生の問いに、レオンハルトは当然のごとく答え、その細腰を抱き寄せて熱烈なキスをお見舞いしてきた。

広場の人々からはわっと歓声が上がり、「ご馳走さまでした！」などと再び野次が飛ぶ。

「もうっ」

「皆が喜んでいるから、いいではないか」

鷹揚に肩を抱き寄せられれば、璃生もつい笑ってしまう。

まさかこんな風に、周囲から祝福されて結婚できる日が来るなんて、夢にも思っていなかった。

まだ異世界に飛ばされてたった数ヶ月だが、もうずいぶんと長い時が過ぎたような気がする。

——俺は最愛の人と、この世界で生きていく。

そう心に決めた璃生は、隣で領民達に手を振るレオンハルトを見上げ、微笑んだ。

その後、近隣国からの賓客達列席の中、大聖堂での荘厳な挙式が執り行われた後は、王宮での大晩餐会が始まる。

最初は、周辺の国々の来賓を相手に上品な食事と酒が振る舞われていたが、そちらが終わると二次会と称して内輪での無礼講の宴会に突入だ。

「さぁ、レオンハルト様が無事に結婚したんだから、次は俺達だよな。サイラス、結婚しようぜ！」

相変わらず豪快なプロポーズをかましてくるアルヴィンを、サイラスは氷のように冷たい眼差しで睥睨する。

「陛下のハレの日に、無礼にもほどがあろう。この戯け者めが」

「まぁまぁ、そう言わないで。俺もそう思うよ。次は二人がしあわせになる番だよ。ね？」

「リオ様……」

璃生の言葉に、サイラスが瞳を伏せる。

「……こう見えて、アルヴィンは名門貴族の嫡男なのです。跡取り問題のこともありますし、私では家柄の釣り合いが取れません」

「そんなの、関係ないよ！　この国の王様なんか、異世界の人間と結婚しちゃったんだからね？」

「リオ様……」

「一番大事なのは、サイラスがアルヴィンのことを大好きかどうかだろ？　素直になって、アルヴィンの腕に飛び込んでみなよ」

璃生がそう背中を押すと、アルヴィンが満面の笑みでその逞しい両腕を広げてみせる。

「アルヴィン……」

「俺は、おまえにベタ惚れなんだ。ぐだぐだ考えるのはやめにして、黙って俺にしとけよ。な？」

「……まったくおまえという男は、相変わらずロマンチックの欠片も持ち合わせていないのだな」

そうぼやきつつも、サイラスは歩み寄り、そしてためらいがちにアルヴィンの肩口に額を預けた。

「……プロポーズ、謹んでお受けする」

「本当か⁉　やった！　やったぞ！」

「二人とも、おめでとう！」

お祝い続きのめでたさに、宴会はさらに盛り上がった。


挙式の後に延々と続く祝宴は夜まで続き、丸一日招待客の相手を務め、朝から緊張しっぱなしだった璃生はもうへとへとだ。

激務には慣れているレオンハルトは、まったく平然として見えたが、深夜に近くなって宴が一段落すると「抜け出すぞ」と璃生に耳打ちしてきた。

「へ？」

驚いているうちに手を掴まれ、二人はこっそりと会場を抜け出し、裏庭へ出る。

「ちょ、ちょっと、主役が抜け出しちゃったりしていいわけ？」

「かまわぬ。一日中、儀式儀式でもう限界だ。そなたと、少しも二人きりになれる時間がないではないか」

と、内心ではおかんむりだったらしいレオンハルトに抱きしめられ、璃生は笑ってしまう。

「レオンハルトにも、そういう子どもみたいなとこあるんだ。安心した。だって俺にとってあなたは、完全無欠の王様なんだもん」

「嬉しいが、それは少々買いかぶり過ぎだな。私は、こと恋愛となると不得手でな。そなたが好きで好きで、どうしていいかわからなくて、ずいぶんと恥を晒した」

この日を迎えられて、夢のようだと耳許に囁かれ、璃生はくすぐったさに照れ臭くなる。

「そんなの、俺だって同じだよ。恋とか、今までしたことなかったし」

「そなたの初めてをもらえて、これ以上の喜びはなかったぞ」

「わ～！　そういうのやめて、恥ずかしいから！」

そう抗議すると、自分をじっと見下ろすレオンハルトと目が合い、璃生も真顔に戻る。

そして、二人はどちらからともなく、そっと唇を重ねた。

「ん……っ」

何度も、何度も。

飽きることなく長い口づけを交わす。

レオンハルトの逞しい腕が璃生の細腰をぐっと引き寄せ、身体が密着する。

「……もう待てぬ。寝所へ行こう」

「……うん」

二人が、熱の籠もった眼差しで互いを見つめ合った、その時。

「レオおじさま〜！　リオ〜！」

聞き慣れたラウルの声が聞こえて、二人はほぼ同時に振り返った。

見ると、乳母に連れられたラウルが二人を見つけ、寝間着姿でトテテと走ってくる。

「ラウル！」

両手を広げ、小さな身体を抱きしめると、ラウルは少し寝ぼけているのかベソベソし始めた。

「も、申し訳ありません。いったんおやすみになられたのですが、今日はお二人が一日お忙しかったので、お寂しかったようで。どうしても捜しに行くとおっしゃって聞かなかったので……」

と、二人が婚礼初夜だということを知っている乳母が、平身低頭で謝る。

「大丈夫だよ。そっか、ラウル、寂しくなっちゃったか」

と、リオは抱き上げたラウルを軽く左右に揺すってあやしてやる。

「けっこんしき、もうおわった？」

「うん。レオンハルトと三人で、一緒にねんねしよっか。ね？」

言いながら、レオンハルトを振り返ると、彼も「……うむ、それもよかろう」と同意した。

ラウル付きの乳母に、会場には自分達はもう休むからと伝えてもらい、二人はラウルを連れてレオンハルトの寝室へと向かった。

レオンハルトの寝台は大きくて、三人で横になっても充分な広さだ。

ラウルをあやしながら、交代で入浴を済ませて一日の疲れを洗い流し、ゆったりとした白の寝間着に着替える。

「レオおじさまとリオと、ねんね！　うれしいな！」

ぐずり気味だったラウルは、すっかりご機嫌になって二人の間にちょこんと収まった。

始めははしゃいでいたが、ラウル自身も婚礼の儀式や宴に参加していたので疲れたのか、はたまた二人のそばで安心したのか、こてんと眠ってしまう。

だが、小さな両手はそれぞれレオンハルトと璃生の寝間着の袖をしっかりと握っている。

そのあどけない寝顔を、二人は飽くことなく見つめていた。

「なんか、予想外の初夜になっちゃったね」

「いいさ。こういうのも、私達らしい」

と、レオンハルトが苦笑する。

「それに、今までさんざんお預けを食らったのだ。あと一日待つくらい、どうということもない」

「レオンハルト……」

すると、彼がつと手を伸ばしてきたので、璃生もそれを受けて二人はラウルの頭上越しに手を繋ぐ。

そうしてから、レオンハルトはまずラウルの額にそっと口付け、それから璃生の額にもおやすみのキスをくれた。

「そなた達は、この私が生涯を懸けて大切にすると誓う」

「……ありがと」

「ずっと一緒だ」

「うん。俺も二人と、ずっと一緒にいたい」

それは璃生の、心からの願いだ。

「ラウルを、将来為政者としてふさわしい人間に教育せねばならないが、手を貸してくれるか？」

レオンハルトの問いに、璃生は少し考える。

「俺は……人を導けるような立派な人間じゃないけど、ラウルと一緒に成長していけたらなって思ってるよ。もちろん、レオンハルトも一緒にね」

「リオ……」

「えっと、だからその……末永くよろしくお願いします」

ラウルを起こさぬよう、小声でそう返した璃生が可愛くて、レオンハルトは彼の手を握る指先にぐっと力を込めたのだった。


その後、シルスレイナ王国に召喚された、第七十二代煌の巫女の璃生は、特例として『煌の神子』という名称で呼ばれるようになる。

彼の予言は的確で、大いに国の助けになったが少々風変わりだという噂があり、なおかつ人間族の国王と結婚して祝福された前代未聞の例として、王国の歴史にその名と存在を刻み、人々の間で長く語り継がれることとなる。
余談ではあるが、結局蛸に似た海産物は見つからず、代わりに璃生はソーセージやチーズを入れた『タコヤキモドキ』を開発し、それも『ヤキソバ』同様領民達の間で大ヒットとなったそうである。

めでたし、めでたし。

# あとがき

こんにちは、真船です。

今回はデビュー二十五周年を記念して、初の異世界トリップものを書かせていただきました。

そう、異世界へ飛ばされても、うちの受くんは女装しているのです。

そこは外せない……！（真顔）

趣味全開で恐縮ですが、書いていてめっちゃ楽しかったです！


今回、快くイラストをお引き受けくださった、成瀬山吹様。

以前からひそかにファンだったので、お仕事ご一緒できて本当に嬉しかったです。

どの登場人物も、まさにイメージぴったりのキャラデザで仕上げてくださって、担当様と大盛り上がりでした。

レオンハルトは雄々しく、璃生は愛らしく、そして特にラウルの可愛らしさといったらもう！（↑大興奮）

神使のパンドラも可愛いし、脇役のアルヴィンとサイラスも、かなりの

お気に入りです♡
お忙しいところ、素敵なイラストを本当にありがとうございました！

そしてありがたいことに、今年デビューして二十五年目を迎えることができました。
それもひとえに、こうして読んでくださっている読者様のおかげです。
これからも細々とではありますが、書き続けていけたらいいなと思っておりますので、今後ともなにとぞ末永くよろしくお願いいたします！

それでは、次作は異世界トリップ第二弾で！
同じキリルシーナ大陸でスピンオフのお話になる予定ですが、またその際にお目にかかれるのを心待ちにしております！

真船るのあ

CROSS NOVELS をお買い上げいただきありがとうございます。
この本を読んだご意見・ご感想をお寄せください。

〒110-8625 東京都台東区東上野 2-8-7　笠倉出版社
CROSS NOVELS 編集部
「真船るのあ先生」係／「成瀬山吹先生」係

CROSS NOVELS

異世界に女装で召喚されました！～国王陛下と溺愛子育てライフ～

著者
真船るのあ


2020 年 6 月 23 日　初版発行　検印廃止

発行者　笠倉伸夫
発行所　株式会社　笠倉出版社
〒110-8625　東京都台東区東上野 2-8-7　笠倉ビル
［営業］TEL　0120-984-164
FAX 03-4355-1109
［編集］TEL　03-4355-1103
FAX 03-5846-3493
http://www.kasakura.co.jp/
振替口座　00130-9-75686
印刷　株式会社　光邦
装丁　コガモデザイン
ISBN 978-4-7730-6036-2
Printed in Japan